永冬无境，幻梦残墟

[日]八目迷 / 著
[日]KUKKA / 绘
冯锦源 / 译

百花洲文艺出版社
BAIHUAZHOU LITERATURE AND ART PRESS

目录

小寺亚世美

小练菜菜
钉丸秀二
龙崎贤生
汤野雫

永冬无境，幻梦残墟

[日] 八目迷 /著
[日] KUKKA /绘
冯锦源 /译

character

出场人物

龙崎贤生
主人公，和高中朋友一起到阳光乐园玩。

小寺亚世美
出现在阳光乐园的神秘女高中生。

钉丸秀二
贤生的发小。

汤野雫
贤生的朋友。

小练菜菜
贤生的朋友。

百花洲文艺出版社
BAIHUAZHOU LITERATURE AND ART PRESS

序章

“对不起……真的对不起……”

今夜格外冷。

头顶飘来哽咽的声音和片片碎雪。

莫说爬起来，此刻的我连颤抖的力气都没有。在刺骨的寒风中，冰水从积着薄薄一层雪的地面穿透外衣，渗进我的皮肤。

我不再能感知现实，仿佛从上空俯瞰后背中刀倒地的自己。奇怪的是，我并未感到疼痛，只知道自己快死了。

在我十七年的生命中，这是最接近死亡的一刻。然而，异常嘈杂的音乐声却盖过了方才的道歉声。不远处就是夜间巡游的队伍。只要步行几分钟，就能看见一群大秀可爱的玩偶吉祥物，而他们全然不知，我即将死去的事实。

“对不起……对不起……”

道歉仍在继续。

我挤出最后一丝力气，勉强扭过头去。月亮在云层间若隐若现，天上看不见星星。

冰冷的雪花让我闭上双目。我再次睁开眼，看见道歉的人正弯腰面对我。

直到此时，我才开始疑惑自己为何中刀。

我没做过对不起她的事，只觉得莫名其妙，可我来不及多想。我知道自己正值弥留之际，却无能为力——既动弹不得，也说不出话。

“贤生，你听我说……”

她终于不再道歉，似乎想要告诉我某些事。我集中精神去听，因为就算要死也得死个明白。

她的声音中带着恳求与忏悔。

"求求你……救救亚世美！"

随后我便失去了意识。

第一章

开园

“听说过食人游乐园吗？”

我正身处开往游乐园的公交车，却听到了如此不祥的传闻。我回头和身旁的秀二四目相对，时髦圆镜片后的眼神显示他想要引起我们的注意。

“什么东西？恐怖片？”

“想知道？真没办法，就说给你听听吧。”

我在窗边托着下巴，心想，不是他自己挑起的话题吗？一阵寒风穿过泛着雾气的车窗，刮到我脸上，正好给燥热的身体带来一丝清凉。空调的温度太高，车上也挤了不少人。

“算是都市传说吧。踏入某家游乐园的人一一失踪，从此销声匿迹，不过有台监控拍下了他们消失的瞬间，真相竟然是……”

“他们被玩偶吉祥物生吞了？”

汤野从我们身后的座位上凑了过来，泛起波浪的双马尾辫散发着她常用的丹桂香水味。

“汤野，别抢我的话！”

“有什么好卖关子的？这种怪谈听得我耳朵都长老茧了。”

“不解风情。我讲究的是气氛，不是出人意料。而且这不是怪谈，是都市传说。”

“好吧，抢了您的台词，真不好意思。”

汤野敷衍了事地说道。另一个留着棕色波波头发型的女孩也出现在她身旁。

“这个都市传说我也听过。”

练子性格稳重，却对恐怖故事和超自然现象如数家珍，也不害怕血腥内容。所以，她会知道吃人游乐园的事一点也不奇怪。

“很出名吗？完全没印象。”

“因为你平时不上网啊，贤生。网上的传闻可多了，像什么能实现愿望的隧道、能让时间倒流的海岛、会瞬间移动的少男……吃人游乐园算是新成员。”

“你懂的真多。”

“再给你们点刺激的吧。”

“哦？”

秀二和汤野都一脸好奇地凑了上来。

练子调皮地笑道：

“食人游乐园这个都市传说的出处……听说就是我们的目的地，阳光乐园。”

事情的起因是秀二抽中了两张阳光乐园的门票。然后，他叫上了我们三个老朋友。另外两张要收费的票就由四人平摊。

于是，我们选在冬假的最后一天—— 一月七日去阳光乐园玩。

“感谢您乘坐本趟公交车。下一站是终点站，阳光乐园站……”

快到了。我看了眼手表，现在刚过上午十点。

阳光乐园建在东京郊区的一座小山上。从车内放眼望去，园中的摩天轮背靠蓝天，威风凛凛。

公交车停在了停车场上。乘客们纷纷走到司机身旁排队付车钱。

我重新穿上外套，摘下蓝牙耳机塞进口袋，不知不觉排到了队伍的最后。

我边等边舒展筋骨，忽然看见座位底下有一部手机。

“嗯？”

看来是其他乘客落下的。我把它捡了起来，发现它余温尚存，想必刚被人碰过或者刚从口袋里滑出来。现在乘客多数已下车，除我之外，只有先前坐在我身后的汤野和练子还在排队。手机的主人不在这里。

刚才坐在这里的人长什么样？

我一时记不起来，决定将手机交给司机。快轮到我了，可就在我打算递出手机的时候，内心却传来怀疑的声音——

如此便心安理得了吗？自己能做的恐怕不止这些吧？

我赶紧付完车费，从司机身边下了公交车，举起手机大声问：

“谁掉手机了？”

不只是刚下车的乘客，就连路边的行人和停车场保安都扭头看我。我知道自己嗓门大，毕竟在社团训练的时候是要喊号子的。

人们有的摸口袋，有的翻包。我等了一会儿，见一个大学生模样的青年走了过来。

“不好意思，手机是我掉的。”

他一脸抱歉地朝我伸手。

我想起他也是乘客之一，可是坐的位子不太对。

我按下电源键，打开锁屏画面。背景图是一张婴儿的照片。我又看了看青年的脸。

“抱歉，可以当面解锁吗？”

“什么？”

“我要确保手机物归原主。”

“哦，那是当然。”

我把手机交到他手上，却听到不远处有个女子喊道：

“那是我的手机！”

与此同时，拿到手机的男子拔腿就跑。

确认他是个骗子后，我也发足飞奔。追上这几步对我来说不费吹灰之力，我以最快的速度抓住男人的后领，奉劝他老实点。

“放开我！不然弄死你！”

他怒吼着朝我扑来，他翻脸的速度把我吓了一跳。不过，我久经锻炼的身体仍然反应迅速。

我避开他的手，一把抓住他的前胸，扯烂了他的衣服，毫不迟疑地把腿伸到他的胯下，施展了柔道竞技场上的拿手好戏——大内刈（**注：柔道投技**）接内股（**注：柔道投技**）。

伴随一声惨叫，男子仰面栽倒。我没让他头朝下落地，但他一时半会儿应该也动不了。我满意地捡起手机。

虽然顺利制服了对方，但我的心脏跳得飞快。这种场面对我来说不是第一次，可是面对他人未经掩饰的恶意，我依然有些手足无措。哪怕怀揣正义感，我的胆子还是不够大。

我回过头去，看见手机真正的主人跑了过来，想起她和一个小女孩一起在车上的画面。她们的座位离手机也很近。

女子气喘吁吁地鞠躬道：

“对不起，一开始觉得是我的手机，不过看到这个人走出来就……后来又找了，还是找不到。”

女子接过手机，随手解开锁屏，不会有错了。

“没丢就好。”

“是啊，多亏了你。”

“需要我报警吗？”

听我这么一问，男子跌跌撞撞地爬了起来，转眼间仿佛老了五岁。

“千万别报警！求你们了！”

他手扶膝盖弯腰鞠躬，脸都快碰到地上了。

“您怎么看？”我面对女子。

“不用了吧，我也不想跟他再纠缠。”

“好的，那就这样吧。”

见我们无意追究责任，男子起身离去，临走还不忘放狠话说：

“以后走着瞧吧！”

原本该选择报警的，只是得饶人处且饶人，而且我也不想让秀二他们久等。

和女子告别后，我朝朋友们所在的地方走去。

“抱歉，等急了吧？”

“真是出风头。”秀二哭笑不得。

“这不算什么。”

“我是在挖苦你呢。交给司机就没那么多事了，也不用跟人打架。”

“一开始我也这么想，可那样一来失主要取回手机就得花不少时间，来游乐园玩一次，不该让人家扫兴。”

“你没义务这么做。”

“我有，你应该明白的，秀二。”

秀二略显尴尬地长叹一声，讽刺道：

“没错，未来的警官大人。”

秀二说完还不忘拍拍我的肩膀。

对我来说，当警察是我人生的第一目标。老爸曾是刑警，也是我从小的榜样。我对当体育明星和飞行员毫无兴趣，比起童话故事，我更爱听老爸工作中遇到的事。迄今为止，我的每一天都受到父亲的熏陶，立志当警察也可以说是自然而然。

“刚才的贤生真像个英雄！”

汤野在一旁说道。不同于秀二，她是在真心夸我。

“没那么了不起。”

“不用谦虚，一般人才不会为陌生人考虑那么多。贤生有资格自豪，虽然秀二不好意思承认。”

“我从小学就认识贤生，看他爱逞英雄，已经看到麻木了。”

“不许麻木，笨蛋！”

“要你管？”

两人之间火星四溅。我刚要上去劝，突然听到练子重重咳嗽一声。

“想吵架请自便，不过我们该进去了。”

秀二和汤野各自哼了一声，转身走向阳光乐园。我和练子也跟了上去。

“多亏有你在，练子。”

“早习惯了，也不知道他们是臭味相投还是八字不合。”

“说得没错。”

秀二和汤野经常吵架，但和好也快，今天想必也不例外。不记仇是他们的优点。

北风中，我将手伸进上衣口袋。尽管天气晴朗，但温度还是很低。这个冬天格外冷，去年十二月东京还下了雪。听说中午要变天，不过最近的气象预报不太准。

走到大门口的我听见一阵列车飞驰般的呼啸，抬头一看，原来是云霄飞车传来的。

“用木头造的？”

车轨的木纹从远处也依稀可见，多重构造的骨架让它看起来宛如一部大号户外健身器材。

“不常见，听说它发出的音量和震动都很吓人。”

练子解说道。我吃了一惊，心想这部飞车的可怕之处还真是别出心裁，而且……

“还挺高的……”

“你怕坐云霄飞车？”

“别小看人，那玩意根本不在话下。”

被练子戳到痛处的我死鸭子嘴硬。我虽然没有恐高症，却受不了颠簸，生怕五脏六腑被折腾得上下翻涌。尽管在柔道竞技场上我早已习惯被人抛来投去。

“就是嘛，贤生天不怕地不怕。”汤野说道。

“也不能这么说，我怕黏糊糊的番茄肉。”

“跟我一样！”

我们边聊边走到游乐园门口。

大门模仿宫殿造型，顶部装饰着太阳和椰子树的图案。阳光乐园走的是热带风格，播放着夏威夷风情的音乐。哪怕此刻天寒地冻，游客依旧络绎不绝。这里比迪士尼乐园的票价便宜多了，距离东京只有不到一小时车程，又赶上冬假，生意兴隆也不奇怪。

我们买了门票和一日畅游卡，打算疯玩到天黑。

“今天要玩个痛快！”

我们和高举双手的汤野一起走进了阳光乐园。

“先玩哪个？”

走进广场的汤野兴高采烈地问道。

“当然是云霄飞车。”

秀二答道。

“太心急了吧？主菜应该放到后面。”

“那前菜是什么？”

“比如……旋转木马？”

“小孩子玩的东西。”

“无所谓，我会在下面给你们拍照。”

“你自己不坐？”

我没搭理这两个吵架的家伙，四下张望了一圈。

阳光乐园给我的第一印象是怀旧。除了空中秋千、旋转咖啡杯和海盗船这些传统项目，园内还上演着战队秀（**注：也叫“英雄秀”，由演员扮演超级英雄的现场剧**）。园区整体面积不小，听说夏天还会开放水上乐园区域。

热带风格一路从大门渗透到整座游乐园，椰子树和蕨类植物随处可见，呈现一派自然风景，与木造的云霄飞车相得益彰。

广场上有工作人员在做花式气球，还设置了贩卖吉祥物饰品的售货车。尽管散发着怀旧气息，但园区工作人员揽客的积极性也并未因此打折扣。他们的努力没有白费，才开门不久，广场上已是人山人海。

汤野和秀二还在争执不下，我无可奈何地看着练子说：

“你有什么想玩的……”

我没把话说完，而是仔细端详了一番眼前这个朝夕相处的女孩。

这是我认识的练子吗？

她给人的印象似乎突然变了，明明方才还安详地站在那里，此刻却神经紧绷，仿佛变了个人。而且她面无表情，让人感觉瘆得慌。

我刚想问她怎么了，就听到砰的一声响，还有男孩的哭泣。那孩子弄破了气球，从急忙赶来的工作人员手中接过新的气球之后才破涕为笑。

“我跟着你们玩就好。”

练子这么说。我等了一会儿才反应过来她是在回答我刚才的问题。

“哦……好吧。”

我又看了看练子，尽管她表情略显僵硬，不过此刻的她已经基本恢复如常。难道她刚才是想打喷嚏？

虽说我有些不放心，但也不能总盯着人家看，姑且不再去想。

秀二和汤野朝我们转过身来，看来是他们的讨论有了结果。

“先玩什么？”

二人异口同声道：

“海盗船！”

于是，我们走向阳光乐园的海盗船——“伟大玛丽号”。排完十分钟的队，我们进入了海盗船造型的巨大秋千。我有点晕船，汤野却快活得像个孩子。

第二个项目是“拉曼恰驱魔之旅”，玩法是乘坐轨道车穿越西洋大宅，并用手枪击退途中出现的鬼魂。

“鬼会怕枪？”秀二不屑地问。

然后我们又去玩了“飞天遁地”，那是形似瞭望塔的跳楼机。我们先被举到七八层楼的高空，又在一瞬之间坠落。这可让我吃足了苦头，我受不了颠簸，完事后趴在椅子上干呕。

我无精打采地望着旁边的旋转木马，伴随着马戏团音乐，它被装点得五光十色。或许是为了配合热带主题，旋转木马的马和马车被换成了海豚与船。在洋溢着怀旧氛围的阳光乐园中，这个项目显得格外醒目。

“贤生，给。”

我望着旋转木马上的孩子们，接住练子递过来的矿泉水。

“不好意思。”

“没事，下次饮料你请。”

这倒让我心安理得了。

拿矿泉水的时候我注意到练子的右手腕上缠着一条蓝色腕带，像是参加活动用的。我记得乘公交车的时候她手上还没有这东西。

“你手上戴的是什么？”

“演员给我的，说我是今年的第一万名游客。”

“还有这种事？”

前面排队的时候练子告诉我，游乐园的工作人员被叫作“演员”。

奇怪，从进门起我们就没分开过，我却对这条腕带毫无印象。

又是一阵反胃，我连忙灌了几口水，翻江倒海的症状才有所缓解。

“你们过来看！”

售货车旁的汤野朝我们挥手。我走上前，发现她拿着一顶卡通造型的帽子，柔软厚实，大概是刚买的。

“认识吗？这是阳光乐园的吉祥物，小狗佐伊。”

我在园内的招牌和艺术装饰上见过佐伊，一路还有演员穿着它的玩偶装。这只卡通小狗的特征是高高竖起的耳朵。除它以外，游乐园还有好几种吉祥物。

“可爱吧？”

汤野戴上帽子，难为情地笑了。我点了点头说：

“戴在你头上是挺可爱的。”

汤野睁大眼睛，似乎吃了一惊，又立刻压低帽檐，不说话了。

秀二哼了一声说道：

“汤野是挺像小狗的。”

汤野猛地抬起头，露出凶狠的笑容说道：

“是吗？哪里像？答不对揍你。”

“我是说……你也不怕冷。”

“这还差不多，饶你一命。”

秀二松了口气。

我在旁边忍俊不禁，心想他们还真是一对欢喜冤家。

我瞄了一眼手表，已经是下午一点了。因为不想凑热闹，我们推迟了吃午饭的时间，不过现在我是真饿了，就和朋友们去了餐厅。

游乐园的主街两旁都种着象征热带风情的椰子树，路边除了有卖可丽饼和首饰的店铺，还有射击、套环和飞镖等节日游戏摊位。穿着小熊玩偶装的演员正在发气球给小朋友，逗他们开心。

日常的幸福感飘荡在空气中，令人恍如身处梦境。有人将游乐园称为“造梦的地方”，还真说到点子上了。

可我总觉得，这个热闹的地方似乎不属于自己。我并不孤单，却没有脚踏实地的感觉。从这个角度来看，我也仿佛是在做梦。

我们在餐厅落座后点了快餐，小食的香味让我更有胃口了。

我吃着汉堡看向窗外，大人们裹得严严实实，嬉闹的孩子们身上却没几件衣服。这一幕虽然看得我直哆嗦，但依然感觉很温馨。

“贤生，你怎么看？”

听到秀二在叫自己，我回过头去。

“抱歉，刚才没在听。”

“嗨，瞧这个。”

秀二给我看了手机上的天气预报，本来说下午是阴天的，现在改成下雪了。

“夜里的雪恐怕不小，要不傍晚就回去？”

“随机应变吧，电车应该不会停。”

“也对。”

秀二放下手机。我吃完剩下的汉堡，拿纸巾擦了擦嘴和手，起身说道：

“我去下洗手间。”

秀二应了一声，我走向男厕。

过了饭点的餐厅宁静祥和，轻轻摇着婴儿车的妈妈、喝咖啡的老年夫妇、埋头于游戏的男孩都与外界喧嚣保持着距离。

走进厕所的我目瞪口呆——有个女高中生坐在洗手台上。

之所以说女高中生，是因为她的外套下穿着校服。这个女孩穿着厚袜子，戴着红围巾，头上还有佐伊的狗耳发箍。此刻的她正百无聊赖地玩着手机。

我出门看了看墙上的记号，确认这里是男厕，又鼓起勇气走了进去，对女孩说：

“你进错地方了。”

“没错。”

她说着把手机揣进兜里，站起身，轻描淡写地跟我打了声招呼。

女孩五官端正，鼻梁坚挺，残留着稚嫩感的眼神散发着稳重的魅力，经过漂染的头发层次分明，看上去像个正在休假的偶像。

我没听懂她的意思，想了想才反应过来。

“对不起，我不该凭外表判断你的性别。”

“你好像误会了，我确实是女生。”

她说着在胸口比画了一下，让我不知所措。

“那还说你没走错？不想让人误会就请出去。”

“没问题的，下午一点二十六分到下午一点二十九分的这段时间只有你会进洗手间。”

“你怎么知道？”

“我对阳光乐园的事无所不知，我还认识你呢，龙崎贤生。”

这可把我吓了一跳。

我不记得自己见过她，从校服来看我们也不在一所高中。

“好奇怪的名字，你父母喜欢钟表？**(注：“贤生[kashio]”的发音与日本电子产品品牌“卡西欧”相同)**”

“是电子计算器。他们也希望我能变聪明。”

“呵呵，居然有人用计算器的牌子给孩子起名。”

“我也觉得很蠢。”

女孩笑了。见我依旧一头雾水，她边笑边眯起眼睛，说道：

“你不负期待，成了个懂事的孩子。不仅成绩优异，运动神经也发达，还打入过柔道全国大赛。将来的理想是当警察，了不起，赢在起跑线上的人。”

我倒抽一口凉气。她怎么会知道这些？

姑且不论柔道和学习成绩，我的警察梦可是只有最亲近的人才知道的。难道说她是汤野和练子的朋友？那又何必采取这种古怪的打招呼方式？

“你到底是谁？”

“别紧张，我只是来给你一个忠告。”

“忠告？”

“要提防练子。”

我不禁皱眉。

她是练子的朋友吗？可是说话又未免危言耸听。

“我说的是你的朋友，小练菜菜。”

“我知道，她怎么了？”

“好难解释，来不及说，说了你也不会相信。不过要记住我的话，否则……”

她不怀好意地笑着，走到我身边，把嘴凑近我的耳朵。我感到措手不及，警惕心却被一阵巧克力香气驱散。

“你会死在练子手上。”

她声音轻柔，说出的话却十分骇人。

我吓得连忙后退，她则笑着与我道别。

我的心中充满疑惑。

她究竟想干什么？说练子会害死我的忠告又是怎么回事？这玩笑一点都不好笑。

因为内急，我就没追出去问个清楚。算了，多半是恶作剧，可能有人对她透露过我想当警察的梦想吧。

别太当回事。

天气预报没骗人，后来真的下雪了。

雪花自浓密的乌云间片片坠落，听说傍晚以后会越下越大。除了不能玩云霄飞车以外，我们的行程暂时没有受到影响。我倒是松了口气，汤野却失望了一会儿，又重新打起精神。

“接下来玩那个！”

我们三个人一如既往地跟着她转。空中秋千、旋转咖啡杯、旋转木马都被我们玩了个遍。这一圈玩下来，可以说是按部就班。

不知不觉，太阳快下山了。

今晚格外冷，雪下个不停，也令阳光乐园银装素裹。虽说不用打伞，但这天气还是让人想躲进屋里。

考虑到回程时间，我们决定再玩最后一个项目——阳光乐园的标志性摩天轮“巨日轮”。光芒四射的它看起来的确像一轮即将升上夜空的太阳。

我们抓紧时间排队。想必一个座舱能容得下四个人。

眼看要轮到我们了，秀二突然说：

“我刚想起来自己有恐高症。”

“什么？”

开什么玩笑？跳楼机他不是玩得挺兴奋的吗？我刚打算无视，又见练子举手说：

“我也有恐高症，只能你们两个上去了。”

“你们……怎么回事？”

汤野显得不知所措，秀二和练子却打着哈哈走开了。看来他们是真不打算坐摩天轮。可怎么不早说？

汤野拼命挽留无果，这时，工作人员问我们上不上去。秀二和练子是铁了心放弃，我们要是再不坐就难免尴尬了。

“要不我俩坐？”

“啊？贤生你没意见的话，我也可以……”

汤野勉强同意。

给演员看过畅游卡，我们就被领进了座舱。

随着一阵猛烈的晃动，我们的座舱缓缓上升。里面没有空调，还挺冷的。亚克力材质的窗擦得很干净，但已经出现裂痕。

“真受不了那两个家伙，下去看我怎么教训他们。”

汤野发着牢骚，局促不安地拨弄起头发来。

“只能跟我一起，让你扫兴了。”

“别这么说！这不怪贤生……再说也不是没有好处，就我们两个坐也更宽敞，不是吗？”

她说着张开双臂。见她一脸认真地说着理所当然的话，我忍俊不禁。汤野也笑了。

“别管那些了……贤生，今天玩得开心吗？”

“嗯，难得放松了一天，最近在社团很忙。”

“那就好，我也很满足，就是有点疯过头了……”

“是比平时更放飞。”

“真的吗？羞死人了……”

“有什么不好？来游乐园就该玩个爽才对。”

“嗯，有道理！”

汤野一个劲儿地点头。

总觉得气氛有点尴尬。汤野也不是没和我单独相处过，不过她看上去怪紧张的，可能是因为身处摩天轮吧。

我也不想刻意找话题，就瞟了一眼窗外。摩天轮才只转了四分之一圈，但因为阳光乐园建在山上，此刻的风景已是相当震撼。往东一侧的城市街道仿佛遍地撒满光粉一般璀璨夺目。要是没下雪，我们还能看得更远。

“我说，贤生……”

我回头看向汤野，发现她坐得笔直，明显很紧张。

“怎么了？”

“其实，有件事我早就想告诉你……”

汤野低下头，握紧放在腿上的双手。

“什么事？”

“我……”

汤野只是低着头，没把话说完。我注意到她双手颤抖，却又面红耳赤、鼻尖冒汗，不像是在挨冻。

莫非……

尽管没经历过这种阵仗，但我大体能猜到她想说什么。震惊和不知所措令我心跳加快。

汤野深吸一口气，又等了几秒，终于下定决心开口说道：

“下回再说吧。”

我差点从椅子上摔下去，亏她还费了那么大劲。

“真的对不起……总觉得现在还不是时候……对不起……”

她看起来很愧疚，还接连向我道歉。

“别这么说，等你觉得合适的时候再讲。”

“嗯。”

汤野失落地点了点头。

我不敢承认自己松了口气。假如我的猜测不是一厢情愿，她真的要对我告白，我大概会无所适从。一方面是因为我没想到像汤野这样可爱的女孩子会喜欢自己，另一方面，我也害怕从此和她连朋友都没得做。

下摩天轮之前，我们边看风景边回顾今天拍的照片，汤野也渐渐摆脱了尴尬。

我刚走出座舱就看见秀二和练子等在门口。秀二凑到我耳边问：

“怎么样？”

看来他是早有预谋。

“没怎么样，就是看风景、聊天。”

“是吗？”

秀二目不转睛地看了我一会儿，面带疑惑，但是没再追问。

园内播放着欢快的音乐，夜间巡游开始了。我们来到主街，周围已经挤满了人。一辆布满彩灯的花车正驶过路中间。

“快看！”汤野指着花车顶上说道，“那是小狗佐伊，它在朝我们挥手呢！”

秀二眯着眼睛说道：

“就是那个长得像河马同学（**注：日本动漫《面包超人》中的角色**）的家伙？”

“你说的那个是小熊滋滋！”

“它们不都长得差不多？”

“完全不一样好吗？！”

我们想看得清楚些，就往人群中挤。这时，练子扯了扯我的衣服，小声说：

“贤生，你过来一下。”

“现在？那先跟秀二他们……”

“拜托，耽误不起。”

她的语气不容置辩，也许是有急事。

“好吧。”

我点了点头。练子拉着我离开众人，走出主街，也不知道要带我去哪儿。

我默默地跟着她来到餐厅后门。

夜间巡游时分，此地无人问津。而且周围光线昏暗，自然更没有遮风挡雪的地方。

“不能让人听见？”

难道又是告白？不可能，我和练子之间没那种暧昧。

“高一文化节的前一天，大家原本打算出去玩的，你还记得吗？”

“文化节？”

“为了第二天出摊，我们在学校开夜车那次。”

“哦，我想起来了。”

高一文化节的前一天晚上，为了准备第二天的鬼屋，经过老师批准，班上的大部分同学一直忙到夜里。其中也包括我和练子。

她怎么突然提起这件事？

“收工以后，活动负责人不是约大家去歌厅吗？说是要提前庆祝。同学们都很想去，只有你一个人反对，让大家没去成。”

“是有这么回事。”

我确实让同学们扫兴了，却并不后悔。我们晚上十点多才收工，身为高中生，理应自觉回家。我只是做了一个未来警察该做的事。

“同学们后来都疏远你，说你不识趣，是‘乖宝宝’。可是……我挺感激你的，”练子微笑道，“我不喜欢歌厅那种地方，又不能驳大家的面子，只好听天由命。是你帮我解了围，一直没机会对你说声谢谢。”

“不用这么客气。”

“虽然只是一件小事，但那天的你就是我的英雄。”

听她这么说，我还怪难为情的。我本该高兴才对，却在仓促间有些不知所措，姑且也对练子说了声“谢谢”。

“这就是我想对你说的话，抱歉，突然把你叫出来。我们回去吧。”

“嗯……”

为何单挑这种时候道谢？真让人摸不着头脑。不过这毕竟不是什么坏事，练子的感激对我很重要。

我转身准备离去。雪下得更大了，已经在地上积了薄薄的一层，看来明天可以打雪仗。

“要提防练子。”

不经意间，我回忆起那个在厕所遇到的女孩子对我说的话。

想这些做什么？我早就断定她只是在恶作剧。可不知为何，此刻我的脑海中却响起了警报声。

她好像还说过：

“你会死在练子手上。”

突然间，练子撞在了我的后背上。与此同时，腰部传来一阵火辣辣的剧痛，仿佛被人用滚水泼到。我下意识地伸手去摸，却碰到了锐利的刀刃。

怎么回事？

有人在我身后哭泣。

我想要回头看，却双腿一软跪倒在地。我感觉到腰部的利器被抽走，转身面对练子。

如果我没看错，此刻的她正手握尖刀，刀锋还在滴血。

这一幕令我难以置信。

我全身无力，只能双手撑地。一股热流从后腰流到我的腹部。

我还想站起来，却又因为背部受到冲击而发出一声闷哼。

第二道伤口是致命的。刀尖像慢动作一般划破我的皮肤，从肋骨间隙直达肺部。濒死感超越剧痛，占据了我的大脑。

我再也支撑不住，一头栽倒在地，体会着有别于过肩摔的窒息感。

我的感觉正在消失，先是四肢，后是躯干。冰冷的死亡缓缓爬上我的身体。

练子还在哭。既然如此，她又为何要袭击我？

“对不起……真的对不起……”

我的意识越来越模糊，耳边传来练子的请求：

“求求你……救救亚世美！”

第二章

阳光乐园特别通行证

“先玩哪个？”

汤野像个孩子似的一脸期待。

秀二抢着回答：

“当然是云霄飞车。”

“太心急了吧？主菜应该放到后面。”

“那前菜是什么？”

“比如……旋转木马？”

“小孩子玩的东西。”

“无所谓，我会在下面给你们拍照。”

“你自己不坐？”

我听着两人对话，完全不明白发生了什么。

记忆中前一刻还是夜晚，天上下着雪。然而此时我的头顶烈日当头，万里无云。这里也不再是餐厅后门，而是变成游乐园进门的广场。演员在做花式气球，售货车贩卖着吉祥物饰品。毫无疑问，我身处的正是阳光乐园广场。

我赶忙摸了摸后背和腰，没碰到任何伤口。衣服下的皮肤也完好无损。我刚才还倒在地上，现在身上却干干净净。

手表显示的时间是上午十点十五分。我不死心，又看了看手机，结果一样。

“嗯？”

我发现自己的右手上缠着一条蓝色腕带，细看之下，上面用英文写着“玩个痛快”。我不记得自己戴过这种东西，却对它有印象——没错，练子手上也有。

“练子！”

“哇，什么事？”

练子吓了一跳。她手上没有腕带。难道是我记错了？不对，还有更要紧的事。

“练子，说实话，我有没有得罪过你？”

“没头没脑的，哪有那种事？”

“那你有没有带着菜刀、匕首之类的利器？”

“怎么可能？你见过带那种东西出门的女高中生吗？”

“你没骗我？让我看看你的包。”

练子脸色不太好看，刚想说什么，又重重叹了口气，打开了自己的化妆包。

她的包里塞满了东西，却不见利刃。那只包不大，里面不用翻也能看得一清二楚。

“贤生，幸亏我了解你的为人，不然检查女孩子的包包可不是闹着玩的，你又不是警察。”

看来练子是真生气了。我这才反应过来，羞愧难当。

“你说得对……对不起。”

我这是怎么了？练子怎么可能拿刀捅我？

可是那一幕太过真实，不像是在梦里。记忆中，我不仅被人捅了刀子，还和他们三个从早到晚待在阳光乐园，可以细数玩过的游乐项目。

我刚想找秀二确认，却听到一声巨响，还有孩子的哭声。不远处，有个小朋友弄破了气球。

对此我有既视感。弄破气球本是小事，却搅得我心神不宁。我总觉得事情不太对劲。

“有想玩的？”

秀二回头问我。

“也不是这个意思……”

“哦，反正第一个已经定了。”

我有了不祥的预感，提心吊胆地问：

“海盗船？”

“你都听到了？”

我压根没听见他们聊的内容，但无论是气球爆炸还是讨论出先坐海盗船，两者早已印在了我的记忆中。

这只是巧合吗？难不成我真能未卜先知？别开玩笑了。

“你脸色不太好看。”

秀二不安地盯着我。我本可以假装没事，却还是想问清楚情况。

“秀二，我们在阳光乐园待了多久？”

“什么意思？不是刚进来吗？”

“我前面在做什么？”

“没什么啊。”

“说细节。”

“没什么可说的，和我们一起买票、进游乐园，你不记得了？”

“当然记得，不过记忆有点乱……直说吧，我们是不是曾经在这里玩过？”

“没有啊，我们四个不是头一回来吗？你不太对劲，是不是刚才在停车场上被那家伙打到头了？”

“不是你想的那样……”

“怎么了？”

汤野一脸担忧地走到我们身旁，来得正是时候。

“汤野，还记得我俩一起坐摩天轮吗？”

“就我们两个？怎么可能？如果真有那种事，我不会忘的……”

“这样啊……”

他们都不记得了，或许只有我一个人意识到情况的诡异，也可能是我脑子出了问题。

“你真的没事吗？”

秀二问道。三人的目光都聚焦在我身上。

我暗叫一声不好。事情的确反常，可我也不想让他们担心。从朋友们的反应来看，问题应该出在我身上。我开始后悔问他们这些。

我该先冷静下来才对。我们现在既没有受到伤害，也没有遭遇危机。说不定我只是产生了既视感——这种猜测起码比未卜先知要靠谱。所以我决定不再追根问底。

“抱歉，我有点莫名其妙。”我尽量寻找合理的解释，“其实……我害怕玩颠簸的项目，又不知道怎么开口，就开始胡言乱语了。你们别放在心上。”

半真半假的临时借口略显荒唐，我心虚地观察着三人的反应。最先开口的是练子。

“你果然怕坐云霄飞车。”

“没必要勉强！还有很多好玩的。”

两个女生信了我的话，老朋友秀二就没那么好糊弄了，还是一脸狐疑。不过他可能也不想在这件事上继续纠结，便建议我们放弃坐海盗船。

我再次向朋友们真心道歉，阴霾总算一扫而光。我打算谨言慎行，免得让他们担心。

最后我们决定先坐咖啡杯，我边走边小声问练子：

“练子，你知道‘亚世美’吗？”

“没听说过，是这里的吉祥物？”

“不知道就算了。”

我越想越觉得奇怪。如果说在阳光乐园玩过的记忆只是既视感，那我又是从哪里听说“亚世美”的呢？

“救救亚世美！”

在我失去意识前，练子的的确确是这么说的。刀伤的痛感，地面的冰冷感触，躲在乌云后面的月亮，都令我记忆犹新。

我打了个寒战，回过神来，确定被人用刀捅倒不是幻觉。那不是一场噩梦，更像是如假包换的死亡……

我究竟怎么了？

在那之后，我越发觉得不对劲。

朝鬼魂开火时秀二的抱怨、汤野的吉祥物帽子、因下雪而暂停开放的云霄飞车——既视感真是如影随形。这些事与我的记忆并非完全一致，却也八九不离十。我无论如何都想搞清楚自己身上发生了什么，不管答案是我的脑子坏掉，还是我突然获得了超能力。恐惧来自未知。

我一边应付伙伴间的话题，一边寻找线索，然后想到了那个女孩子。

“你会死在她手上。”

她预言了练子用刀捅我的事，一定掌握着关键信息，但我既不知道她叫什么，也不知道她在哪儿。我边逛边找，却一无所获。她也不在男厕。于是，我毫无头绪地迎来了夜幕的降临。

最后一个项目是摩天轮，同样令我似曾相识。如果我没记错的话，秀二马上会说……

“我刚想起来自己有恐高症。”

一字不差。

“我也有恐高症，只能你们两个上去了。”

“你们……怎么回事？”

这段对话我也有印象。

汤野挽留朋友失败，最终和我一起走进座舱。

“真受不了那两个家伙，下去看我怎么教训他们。”

“嗯……”

我应了一声，眼睛瞟向窗外，下意识地寻找那个女生。天黑外加下雪，让地面看上去一片模糊。不过我仍不死心。

“夜景真好看，那边发光的是市中心吗？在最高的地方也许能看到我家……”

“这个不好说……”

还是没发现目标。而且就算现在发现她，我也不能从摩天轮上跳下去，只会白白错过。

“对了，学校要办马拉松了，我平时不运动，也不知道能不能跑到终点。所以最近早上都在练跑步，起床好痛苦……”

我甚至不知道那个女孩是否真实存在，或许一切都是我的幻想。我越来越觉得自己在用竹篮打水。

“你在听我说话吗？”

我回头道：

“抱歉，我刚才走神了。”

“跟我在一起是不是很没劲？”

汤野脸上写满自嘲和失落，让我意识到自己很没礼貌。座舱里只有我们两个人，我却对她爱理不理。我急忙说：

“绝对不是！”

“真的？”

“真的，只是玩累了。真对不起，是我不好。”

“别这样，我也不该闹别扭……”

气氛变得尴尬起来。

我拼命找话题，想着亡羊补牢。汤野脸上渐渐有了笑容，当然，也没准只是装出来的。

直到下了座舱，我心中的石头都没落地，而且我真的很累，甚至没心情理睬秀二的询问。

我更担心被练子带去餐厅后门，对我暗下杀手。

这也是我记得最清楚的部分。

我们已经说好要去看夜间巡游，所以我在心中祈祷无事发生，同时警惕着练子的一举一动。

靠近主街以后欢快的音乐越来越响，我的心跳也随之加快。明知练子现在不会杀我，可我还是觉得心神不宁。

凭我的个头，在有准备的情况下完全可以应付练子的袭击。即便如此，我也不敢有丝毫松懈，更不情愿把朋友当成害人凶手。

我怀着逐步紧绷的心情挤过人群，来到队伍前方。演出节目在我们眼前轮番上演，五光十色的彩灯将周围照得雪亮。

“贤生……”

听到练子的声音，我的心猛地跳了一下。

“怎么了？”

我故作镇定。

“我俩能不能换个位置？前面的人太高了……”

“哦，没问题……”

换过位置后，练子高兴地向我道谢。

虽然我一直在提防练子，但直到夜间巡游结束我们都没再说上话。人群很快散去，大部队涌向游乐园正门。

“咱们也走吧。”

秀二说道。

“嗯……”

我们随着人流移动，与此同时，我也总算长舒一口气。

从早到晚，练子的表现都很正常。

虽说既视感和练子袭击我的记忆来历依旧成谜，但我也无心追究，只安慰自己说一切都是庸人自扰。

兼用作出入口的正门就在不远处。我觉得自己累坏了，短时间内也不打算再逛游乐园。

我想起手上凭空出现的蓝色腕带，试着把它扯断。可无论我怎么努力，它都完好无损。算了，等回家用剪刀剪。

然后，我穿过了出入游乐园的闸口。

“先玩哪个？”

眼前的情景令我目瞪口呆。我紧紧闭上双眼，试图逃避现实，恨不得让自己相信此刻正在归途中做梦。而睁开眼时，我面对的仍是让人难以置信的一幕——我居然又回到了白天的阳光乐园广场！

我在心中尖叫，狠狠盯着手表看——又是上午的十点十五分！在前面聊天的汤野和秀二看上去仿佛刚走进大门。这哪是什么既视感，分明就是过去的光景。

时间倒流了？怎么可能有这种天方夜谭？

我还在思考其他能解释此刻场景发生的可能，看见演员在广场上送气球，旁边是一个小男孩。男孩接过小狗造型的气球，脸上笑开了花。

我目不转睛地盯着他。假如时间真的倒流了，那他手中的气球……

果然爆了。

一切都在我的预料之中。演员急忙给小男孩一只新气球，让我产生看电视重播的错觉。

虽然原因和机制不得而知，但眼前的事实不容置疑。我仍然怀着一丝侥幸心理，我声音颤抖地叫住汤野和秀二。

“想好先玩什么了吗？”

“嗯，刚定下来。”

汤野从秀二那里抢过后半句：

“海盗船！”

我感觉遭到当头一棒。结果在预料之中，但我还是被这莫名其妙的现实弄得头晕目眩。

“你脸色不太好看。”秀二担心地说。

我不知道如何回答，因为他们不可能相信时间倒流之类的说辞。此刻就连自己都将信将疑，我又怎么指望别人理解？

一筹莫展之际，我在秀二身后看见了一个头戴狗耳发箍、外套下穿着校服的女孩，她正一脸不耐烦地望着我，好像在等一个迟到的朋友。

见到一直在找的人，我立刻冲了过去。

明明有满腹疑问，可是面对着她，我却不知从何开口。她倒是一脸无奈地说道：

“谁让你不好好听人家说话？”

“可是……”

这能怪我吗？谁会把来自陌生人的“性命攸关”的警告当真？再说她这个人本身就很可疑，不仅在男厕堵我，还当面点破我的隐私。

不过我把这些话吞了回去，改口说：

“不好意思，还以为你是在恶作剧，真对不起……”

“知错就好，这回姑且饶了你。”

我感到一阵安心，猜想她准是知道些什么，便像抓住救命稻草般说道：

“我找你找得好苦。你怎么知道练子会拿刀捅我？都在你的预料之中？这究竟是怎么回事？”

“别着急，我会慢慢给你解释的。不过在那之前，是不是要先安抚一下他们呢？”

女孩朝我身后努了努下巴。我回头看到朋友们跟了过来，都在用眼神示意我给个解释。汤野更是慌不迭地问：

“贤生，她是谁？”

我一时语塞。毕竟我连对方的姓名都不知道。

正犯愁的工夫，女孩走到我前面说道：

“大家好，我叫小寺亚世美，是贤生的表妹。真不好意思，能先把他让给我一会儿吗？我有话要跟他说。”

小寺亚世美？难道她就是练子提到的那个人？总算有一个问题得到了解答。

汤野结结巴巴地说道：

“麻……麻烦快一点……”

“谢谢。我们走吧。”

“哦……”

我被女孩拉着往前走——这个替我解了围的女高中生叫小寺亚世美，我转头后，见到身后的秀二正投来生气的目光，像是在怪我放鸽子。虽然觉得内疚，但我现在真没空陪他们玩。

我暗想，将来一定要给朋友们赔不是。

“巧克力味和肉桂味的吉事果，各来一根。”

餐车女服务员爽快地答应了一声，收下六百日元后把一根黑色和一根焦黄色的吉事果递给小寺。上面撒满了砂糖，看起来甜得腻人。

小寺亚世美像挥舞荧光棒一样拿着吉事果，信步向前走。

“一次吃两根？”

“你也想吃？”

“不是，感叹你胃口好而已。”

“事情发生前我没吃早饭，所以每次重启都是空腹状态，总会到这边的餐车来买吃的。”

她边说着边咬了一口肉桂味吉事果，香甜的味道一路飘到我这边。咽完一口又接着吃巧克力味的，看来她喜欢同时吃两种口味。

“你知道吗？吉事果这个单词总是以复数形式出现，所以我这种吃法最正宗。”

“哦……”

我跟在小寺亚世美身后边走边想，她既能吃又爱说，真是个嘴巴不停的家伙。

此刻的我渐渐冷静下来。虽然小寺亚世美给人的印象不太可靠，但能找到一个了解实情的人仍然值得我庆幸。

“我说，小寺……”

“亚世美。”她用吉事果指着我，“叫我亚世美，我不喜欢现在的姓。”

虽然她的话令我好奇，但我刚认识她，也不好过问别人的家事。

“好吧，你可以随便叫我。”

“嗯，贤生。”

亚世美第一次见到我的时候讲话就不客气，像姐姐对弟弟讲话一样，说不定年纪真比我大。

“可以问你今年几岁吗？”

“和你一样，姑且算十七岁。”

什么叫姑且算？也罢，还是直奔主题吧。

“咱们开门见山，请你告诉我现在是什么情况。”

“可以啊，那就先说说你知道多少。”

“不多……”

幸好，我已经可以冷静分析了。我边走边想，然后说出了自己的推断——

“虽然很难让人相信，但我确实在反复度过‘今天’。这是第三次。第一次我遭到练子袭击，第二次在走出阳光乐园的瞬间遇到了时间倒流现象。恐怕除了你我之外没人发现这件事。差不多就这些。”

这番话连我自己听着都觉得离奇。

“才三次，最多也就能想到这些吧。”

亚世美说着又咬了一口吉事果。

“听你的口气，还会有下一次？”

“是一次又一次，也许是上万次、上百万次。”

“我可不是来听你开玩笑的。”

“没开玩笑。”亚世美似乎有点光火，“我们在无限重复着同一天，我把这种现象叫作时间循环。只要一走出阳光乐园，时间就会被重置。无论昨天、今天还是明天，都是一样的。我们再也不可能从这里走出去，只会反复经历同一天。真是棒极了。”

“当真？”

“千真万确。”

我不愿相信自己要千万次重复过同一天的事实，那简直是活受罪。

“要怎么走出时间循环？”

“放心，也不是没有办法。”

“告诉我吧。”

“夺走他人的性命。”亚世美轻描淡写地说道。

我停下了脚步。

从前遇到混混的时候，他们动不动就会放些“杀啊死啊”之类的狠话，但亚世美不像是在说笑或危言耸听，而是在陈述事实。

亚世美也站在原地回头说道：

“夺去一个人的性命就能摆脱循环，然后换被害者进入循环。”

头顶传来尖叫声，我们已经走到了跳楼机旁边。

“在你之前的那个人就是练子。她受不了日复一日过同一天，于是选择对你动手。”

只要找到替死鬼，自己就能走出循环。这听起来太过荒唐，就像心理变态设计的死亡游戏。我不敢相信这种事会发生在自己身上，但这是练子会袭击我的唯一合理解释，亚世美也没必要骗我。

亚世美抬起右臂，露出袖子下面的蓝色腕带，和我是同款。

“这是阳光乐园的特别通行证。”亚世美语带讥讽，“用来证明我们可以在这里永久畅玩。它会出现在每一个进入循环的人手上，很神奇的，随你怎么弄都不会坏，也摘不下来。你可以试试。”

她说完继续朝前走。我愣了片刻，急忙追上去问：

“假如你说的是真的……”

“就是真的。”

“那么练子也曾被人夺去过性命？”

亚世美一口吞下剩下的两根吉事果，头也不回地把包装纸扔进身后的垃圾桶，彻底咽下食物后回答：

“没错，但你不要有心理负担，人在这种情况下迫不得已。再说被害者也不会真的离开这个世界，你不是还活着吗？”

“这倒也对。”

可恨的不是凶手，而是眼前的诡异现象。

“是从什么时候开始的？”

“嗯？”

“我是说循环，你重复了多少次？”

“超过一千次以后就没数过了，有三四千次吧。”

亚世美说得若无其事，我却听得目瞪口呆。

循环区区三次就让我身心俱疲。哪怕人会慢慢习惯，可是千万次重复同一天的生活，光是想象就让人害怕。没想到眼前这个神态自若的女孩居然背负着如此残酷的命运。

“在你之前有七个人进入过循环，都经历了被杀与害人的过程。”

“好惨。”

亚世美凑过来看了我一眼，笑着安慰道：

“别一副苦大仇深的样子嘛，也不是没有开心的时候，比方说……”

亚世美突然发足飞奔。我好奇地望着她飞身拿住小女孩不小心放开、飘向空中的气球。小女孩拍手称奇，她的父母也一脸惊讶地向亚世美道谢。后者露出一个微笑，回到我身边。

在气球离开小女孩之前，亚世美已经开始行动，显然是预料到这件事会在此时此地发生。

“多重复几次会让你看起来无所不能。这感觉很棒，像游戏速通。”

“好厉害。”

我由衷地感慨道，虽然不懂什么叫游戏速通。

亚世美先是得意地挺了挺胸，又自嘲道：

“不过都是无用功。”

我猜她的意思是，只要这一天从头开始，小女孩就会忘记一切、再次松开气球。

“也不能这么说。”

“什么意思？”

“做好事自己也会开心。哪怕小姑娘忘记，只要你还记得，就会继续喜欢那个善良的自己。”

亚世美眨眨眼，笑道：

“伶牙俐齿，感觉当老师更适合你。”

“可以做第二志愿。”

毕竟当警察是我的唯一志愿。

见亚世美又迈开步子，我追上前问道：

“除了害人就没别的办法了？”

“很遗憾，没有，能想到的招数都试过了。”

“总该有别的可能性。”

“你怎么想我管不着。”

看来亚世美对于别的可能性不抱希望，或许她早就和其他的循环受害者聊过相同的话题。除了练子之外，也不知道其余的都是些什么人。话说回来，那些人都走了，为什么亚世美偏偏留了下来？

我有太多话想问，却感到头昏脑胀，毕竟刚听说了一连串怪诞的事，需要时间消化。

就在这时，亚世美停下脚步。“巨日号”摩天轮耸立在我们面前，入口空空荡荡。

“你想坐？”

我问道。

“嗯，稍微等一下……好，我们上去！”

不知为何，她停留了片刻才走向摩天轮。我们出示了同款特别通行证，踏入座舱。

缓缓上升的封闭空间里没有别人，耳边传来微弱的风声。

“来这里做什么？”

“刚吃饱饭，不想运动。”

看来只是她乐意。不过趁此机会正好可以整理一下思绪，谈话也不会被人打扰。

“你也是和朋友一起来的吗？”

除了时间循环现象以外，我也想进一步了解眼前的人。

“不是。”

“一个人？”

我也不知道这算不算正常。莫非如今流行一个人逛游乐园？就像一个人去烧烤店和歌厅一样？说不定她还边玩边拍照打卡呢。

“觉得我是个怪人？”

“我应该这么想？”

“哈哈，到底谁不正常？”

“我还以为自己不懂流行趋势……”

“流行一个人逛游乐园？难度也太大了吧？”

“你不就是一个人来的吗？”

“一生中总有这样的日子。”

或许她说得对。

我靠在座椅上，感受着温暖的阳光。亚世美托起下巴，看着窗外的风景。

她长得很好看，长长的睫毛有着优美的曲线，涂过润唇膏的嘴唇晶莹剔透，天真的大眼睛让人联想到期待暑假到来的孩子。我无论如何都无法从那副无忧无虑的表情中推测出她已经经历过同一天数千次。

我不禁疑惑，亚世美为何对这样的困境显得云淡风轻？换作普通人，恐怕早就精神崩溃了。假如几千次是夸张的说法，那她为何要骗我呢？何况只要循环过几次，人就会感到压力。比如我现在就恨不得立刻飞奔出阳光乐园。

这时，亚世美看着我说：

“我倒是挺喜欢现在的生活。”

我差点以为自己把心里话说了出来，不过她大概是从表情里猜到了我的疑问。

她沉浸在思绪中，继续说：

“这里有摩天轮、旋转木马，还有云霄飞车，也不用担心将来，从早玩到晚都没关系……像做梦一样。”

我不识趣地问：

“所以你能接受这一切？”

“我们或许得到了永恒，不拿来享受岂不浪费？”

“我不这么觉得。”我没有迟疑，也不怕得罪对方，“永远活在同一天太折磨人了，我想迎来明天，游乐园一日游已经足够。”

亚世美微笑着说道：

“我尊重你的想法。”

她的话虽然客气，但像是在拒人于千里之外。

如果她真的在享受当下，我说的话的确会让她感到刺耳。不过，那种事可能发生吗？就算吃的是高级餐厅的大餐，每天面对同样的菜谱也会产生厌倦。我实在难以理解亚世美的心情。

“阳光乐园其实挺不错的，虽然有些年头了，但经过好几次翻新，老少咸宜。”

“这不是重点吧？”

“你看，那里装修过后就很漂亮了。”

亚世美说着看向窗外。

她在转移话题。我打算以诚相待，哪怕彼此意见不合。可我们相互之间还不够了解，培养信任需要时间。相信总有一天她会对我敞开心扉。

我循着亚世美的视线望去。

摩天轮位于园区最深处，亚世美却在朝外看。往那个方向能看到的只有森林，别说漂亮的装修了，连人造物体都见不着。

“哪里？”

“往近处看，那棵大树。”

“嗯？”

我起身靠近车窗，放眼望去全部是大树，

“到底是哪一棵？”

就在我回头的瞬间，亚世美抓住我的衣领，猛地把我往前一推。我的后背撞到座舱窗户，窗户玻璃哐当一声飞了出去。

我惊叫一声，发现自己的后腰被压在窗框上，双腿悬空，上半身向外翻，目之所及，天空湛蓝。

我下意识地抓住了亚世美的胳膊。她虽然还扯着我的衣领，但可以随时把我推下去，而我无从反抗。

“这个座舱的窗户年久失修，一推就掉。而且这个时间段没什么人坐摩天轮，我们又面朝游乐园的外侧，下面的人看不到。”

亚世美自顾自地解说道。我此刻头脑一片空白，连半个字都听不进去。

“你……你要干什么！”

这可不是闹着玩的，我命悬一线。一旦她放手，我就会头朝地落下去。

难道亚世美和我一起坐摩天轮是为了杀掉我，摆脱循环？

我震惊得说不出话。亚世美仿佛洞穿了我的心思。

“我没打算杀你，不过你要按我说的做。我不会提什么过分的要求，反而是在帮你的忙。”

“帮忙？”

“贤生，你能不能快找个人解决掉，然后离开阳光乐园？”她的口吻仿佛在拜托别人做一件小事，“人是一种好奇心很强的动物，日复一日经历同一天，总想玩出新花样。如果只是小小的恶作剧也就算了，可万一变本加厉、伤害到别人呢？我也可能成为受害者。”

“我才不会！”

“不一定呢，你听说过裘格斯之戒吗？”

“什么东西？”

“裘格斯之戒是一种思想实验。只要戴上那枚戒指，别人就看不见你，可以尽情为非作歹。所以从前的哲人提出了一个问题——假如获得了戒指，人能不能抵挡住欲望的诱惑呢？阳光乐园的特别通行证也是同样的东西。你平时像个正人君子，可是一旦得到时间循环的特权，谁能保证你不会性情大变？比如到处搭讪女孩子，化身渣男。”

我生气地抓紧她的手，说道：

“胡说八道！我怎么可能……”

“不准动！”

她还在把我往外推，吓得我不敢出声。

“刚才我说过了，我喜欢这边的生活，所以我不想被人打扰，”亚世美一字一顿地说道，仿佛在教育小孩，“你要是不肯听话，我就让你摔下去，别指望像上次一样复活。”

她语气温柔，目光却冷若冰霜。明明刚才还跟我有说有笑，难道是装出来的？

“我再问你一次，贤生，你会听话吗？”

一阵冷风在我耳畔刮过，吹乱了我的头发。

我已经被练子杀过一回了，知道人不可貌相。而且亚世美是个可以若无其事地将同一天循环几千次的家伙，非常人可比。既然能想到把人从摩天轮上推下去这么一个法子，那她必定相当冷血。

我不想害死任何人，哪怕那是唯一的出路，也没人会因此真正死去。再说通过杀人离开，又将迎来怎样的结局？我会成为罪犯吗，还是说我的所作所为将被一笔勾销？

“快回答！”亚世美不耐烦了，“你不会是在拖延时间吧？我不怕被人看到的，不过耐心有限，等我们转过摩天轮的顶点，我就会把你推下去。”

在我们头顶还有四五个座舱，留给我下决心的时间不过一两分钟。我只能逼大脑飞速运转，完成这个不可能完成的任务。我不想死，为了活命，只有选择撒谎。

在走下摩天轮之前我要假装听话，但之后我决不会去杀人。亚世美准会气我说话不算数，不过到时候可以再想对策。目前最好的办法就是拖延时间。

我艰难开口："好，我会……"

不过，我却怎么也挤不出后半句。

哪怕是面对紧急情况，作为未来的警察，我都不愿答应害人。尽管此刻性命攸关，我也不想放弃自己的信念。

要保命还是做正直的人？心中的天平最终倾向后者。

"不行，我做不到！"

"嗯？"

"我决不害人！"

亚世美惊讶地睁大了眼睛。

"听不懂我说的话吗？答应我对你没坏处，只要你肯动手，我会帮你减轻罪恶感，让你不那么痛苦。"

"害人就是害人，哪怕受害者最后会复活，我也不能为一己私利夺人性命！"

"这就是你的答案？"亚世美似乎下了决心，"那只好送你上路！"

亚世美双手用力，眼看就要把我推下去……

"等等！我还有话要说！"

"不用了。"

"你要帮我！"

亚世美愣了愣，脸色变得很难看。

"凭什么？你还不明白自己的处境？"

"我想快点出去，你不想被打扰，我们的目标一致。所以请你和我一起找到不用杀人也能脱困的办法！"

“我说了，不存在那种办法。知不知道其他人试过多少手段？”

“一定会有办法的。我相信你已经循环过几千次了，可是按现实时间算，也不过一二十年。有些人花几十年去研究一件事，才终于摸透其中的法则。我能做到！”

我绞尽脑汁说出这番话，因为放弃就只有死路一条。

“你凭什么做到？”

我也不知道，但我必须想出理由来，比如我的观察能力比别人强，有毅力……这些还不足以说服她。我不是在接受面试，必须吊足对方的胃口。

可我对亚世美和循环现象都一无所知，要怎么才能说服她？也许我刚才不该一时冲动夸下海口……循环现象已经让我焦头烂额，偏偏又碰上这种事，令我不得不恼恨自己的命运。不过练子也是受害者。

等等，练子为什么要杀我？的确，想脱离循环就要杀人，可她为何偏偏选我？

我抓住了救命稻草。

“因为练子。”

“练子？”

“没错，我在想，练子为什么选择了我？我死前她哭了，所以她不是因为恨我才找上我。这是不是说明，她觉得我有可能彻底终结杀人循环？她还让我救你呢！”

亚世美皱起眉头想要说话，我抢先说道：

“我不清楚练子循环过多少次，但我想她一定试过很多办法，最后都失败了。她把希望寄托在我身上，相信我可以打破循环！我就是凭这一点觉得自己能做到，你也应该相信练子！”

亚世美目不转睛地看着我，我也没有回避她的视线。此时无声胜有声。

该说的都说完了，就看她怎么想。

“她让你救我？”亚世美出神地说，“练子居然这么说……我可没想过要别人来救自己，到头来她还是一点都不懂我。”

我心下一惊，觉得这不是什么好兆头。好在亚世美没生气，只是神情失落。从我口中得知练子的愿望似乎让她有所触动。

“不过我们也算是老朋友了，总要给她留点面子。”

她边说着话边把我拉回座舱。捡回一条命的我瘫坐在椅子上，被汗水浸透的内衣冷冰冰地粘住皮肤。

“你的话也有道理，能不杀人最好，我也不想逼你。”

翻脸比翻书还快，刚才是谁要杀我来着？当然，我只能在心中埋怨。现在可不能得罪她。

“你会帮我吗？”

“我只会帮你一起找出去的办法，记住，我不想离开阳光乐园。”

“没问题。”

迟来的疲劳伴随着紧张和恐惧让我动弹不得，我半晌说不出话来。

我们的座舱已经驶过最高处，开始缓缓下降。我一言不发地养精蓄锐，亚世美看着窗外。

手机忽然传来一阵震动，是汤野发来了消息，问我有没有聊完。

我把手机调成静音，在心中说了声抱歉。我还需要时间。

回到地面后，亚世美告诉工作人员，座舱的窗户掉了，吓得他们急忙去查看。

“找个地方坐吧。”

路过自动售货机时，亚世美点了热巧克力，又为我买了咖啡。我们在不远处的长椅上坐下，看见穿着青蛙玩偶的演员给孩子们发气球。阳光乐园里的吉祥物真不少。

“让我暖暖手。”

亚世美紧握着易拉罐说。

我相信亚世美说的是实话，她确实在享受时间循环现象，但我完全不能感同身受——一个什么样的人，才会心甘情愿永远重复同一天的生活呢？

见我心有余悸，亚世美笑道：

“别害怕，都过去了。刚才只是在试探你，你以为我真的会把你推下去？来日方长，总该尽早彼此了解吧？你通过了考验，在那种情况下都没有只顾自己，很了不起，值得自豪！”

她边说边拍我的肩膀。

真受不了，把人吓个半死还能这么开心。

“哪有这么试探人的？你确定没想把我推下去？”

“摔死的尸体很吓人的。”

“就为这个？”

“再说你也不会死。”

我抬头看了一眼摩天轮。

“从那么高摔下来还不死？”

“只要有特别通行证，死了也会重新开始循环，因为重置的条件是离开游乐园或死亡。”

“你不是让我不要指望复活吗？”

“不然怎么吓你？”

她真能做到面不改色地撒谎。我不得不强压住骂人的冲动。

“就算我们自相残杀，情况也不会改变。死了就进入下一个循环，杀掉持有特别通行证的人也不能走出游乐园。如果你真想离开的话，应该挑别人下手。”

“我说了，我不会杀人。”

“一开始大家都这么说。”

亚世美打开易拉罐，喝了一口。

她不相信我。我有种被人看扁的感觉，又不好反驳。我需要她的帮助。

苦咖啡为我带来一丝平静。

“你怎么知道杀掉循环者也出不去？”

“因为经历过。”

她面不改色地说道。

也就是说持有特别通行证的人曾经互相残杀过？那固然是一幕惨剧，却也无可非议。经历了时间循环现象，有些人难免会丧失理智。

“你现在还算正常，但人是会变的。”

“真是一场噩梦……”

我按住自己的额头，正好又看见右手上的蓝色腕带。望着“玩个痛快”几个大字，我皱了皱眉。太讽刺了。

“恶作剧。”

我捏捏手中的易拉罐，不过那是铁罐，一点都没凹下去，

“究竟怎么回事？不杀人就会被永远困在这里……也不知道是谁想出来的，过于歹毒。”

“确实是恶作剧，但是不能算歹毒。”

亚世美表情严肃。

“什么意思？”

“给你讲个故事。”亚世美清了清嗓子，仿佛在给小朋友讲一篇童话，“很久很久以前，在我还没开始循环的一月七日……”

不就是今天吗？当然，对循环了几千次的亚世美来说的确是很久以前的事了。

“阳光乐园发生了随机杀人案，梦境般的国度被恐怖笼罩，游客们

四散奔逃。虽然歹徒很快就落网了，但还是有两名受害者失去了生命。”

听起来像真人真事？我等她继续说下去。

“仁慈的阳光乐园之神复活了那两个人，把时间调回到凶案发生前。不仅如此，还向受害者‘赔礼道歉’。”亚世美又喝了一口热巧克力，“特别通行证就是一份补偿。一日畅游卡与它相比是小巫见大巫。因为只要有这张通行证，就可以永远在阳光乐园畅游。”

亚世美低下头，为故事画上句号。

“所以说，时间循环现象表达了阳光乐园之神委婉的善意。”

“这算哪门子善意？等等……”

随机杀人、两位死者、特别通行证……

我这才反应过来，难道说亚世美……

“那两个受害者……”

“其中之一就是我。”亚世美说得若无其事，“对了，阳光乐园之神什么的都是我杜撰的。我只不过觉得要是真有那样一位神明就能解释这一切了。”

“你刚才说的随机杀人……”

“那倒是真的。”

不远处，一对年轻夫妇正笑着追逐自己的孩子。在摩天轮入口排队的热恋情侣和打卡拍照的女学生想必也和他们一样，不会相信阳光乐园曾发生过如此悲惨的案件。

我本该同情亚世美，却因为她的轻描淡写的态度错过了悲愤的时机。我真是越来越看不懂这个女孩了。

“为什么还要留下？”

“嗯？”

“被害得这么惨，还有心情玩？我实在想不通……”

说不定亚世美早就丧失了理智，除非还有其他理由让她留在这里。

“还用问吗？”亚世美喝完饮料，长舒了一口气，冲我得意地一笑，“当然是因为我抗压能力强。”

“就这么简单？”

“快乐万岁！”

亚世美边说边贴脸打了个胜利的手势，看来是想糊弄过去。也不知道她是真的心大还是头脑不正常，多半是后者吧。不过，我不打算深究，人各有志。

我还有很多事想问个明白。亚世美说得没错，来日方长，我们要好好相处。

“差点忘记告诉你。”亚世美说道。

“什么？”

“你要是急着出去，拜托找个年纪差不多的女孩子下手。”

“啊？”

“要一起循环还是想找个聊得来的，我也不是那种独来独往的人，只是担心自己的安全而已。”

“你……”

她知道自己在说什么吗？要我去对年龄相仿的女孩子下手？

我一口气喝光咖啡，将易拉罐重重砸在椅子上，强忍怒火。

“我决不害人！”

“这句话你今天说过三遍了。”

为了离开这里，我会找亚世美帮忙。不过一码归一码，我确信自己与她合不来。

我猛地起身说道：

“我会亲身试验能不能走出阳光乐园，然后再去找你。”

“好吧，给你我的电话号码。”

亚世美背出十一位的数字。为什么不加通讯录好友？我虽然想不明白，但还是把那串号码输入通讯录。亚世美看看我的手机，好像有话要说。

“怎么了？”

“新手就是新手。”

她在怀疑我的记忆力？我不想跟她争辩，说了声“等我电话”便走向大门。

“我倒要看看你能撑多久。”

身后传来亚世美不怀好意的声音。我心中光火，头也不回地大步朝前走。把易拉罐丢进垃圾桶后，我已经身处主街。

真是个讨厌的家伙，也让人捉摸不透。练子为什么要我救这种人？

算了，只要熬到离开就行，当务之急是验证时间循环机制。

亚世美告诉我，只要走出阳光乐园时间就会重置。我虽然已经经历过一回了，但还没有十足的把握。现在要确认循环重启的瞬间。

我穿过主街来到入闸口，旋转臂式的横杆触碰到腹部。我从那里迈出了一步，伴随着轻微的阻力，横杆转动了。

第三章

夜班清洁工

“先玩哪个？”

时间重置了。

看来我真的走不出阳光乐园。虽然结果在预料之中，但离奇的体验还是令我哑然失笑。

走出大门前的记忆依旧清晰，却仿佛来自很久以前。这种感觉很像在熟睡中突然被人叫醒。不过此刻的我困意全无，头脑十分清醒。上次重启时太过紧张，没注意到自己身轻体健。

“比如……旋转木马？”

时间重置似乎也会让我的身体复原。我几乎连续活动了两个白昼，却从不犯困，胡子也没长。这种现象用科学解释不通，我就不做无用功了。

“你自己不坐？”

现在我已经知道走出入闸口，时间就会重新开始循环，那么其他出口呢？就算知道结果，我也要试试。

在这之前……

我走过汤野和秀二身边，找到见过四次的小男孩，对他说：

“花式气球很容易破的，小心。”

“哦……”

小男孩发怵地点了点头，马上被他妈妈拉到一旁。我毫不介意她怀疑的眼光，毕竟，小男孩不必为弄破气球哭哭啼啼了。

回去后秀二问我：

“你在干什么？”

“提醒他不要弄破气球。”

“多管闲事。”

换我也会这么想，因为不知道小男孩的遭遇。我觉得自己没做错，但解释也没用。而且我有更重要的事想告知朋友。

“你们听我说……”

汤野和练子扭头看我，秀二一脸狐疑地说道：

“这么严肃？”

“不好意思，接下来我要单独行动。我必须这么做，可惜现在来不及解释，得等我把事情办完。拜托，暂时就先别管我了。”

三人听得目瞪口呆，毕竟我的请求来得太过突然。然而要他们相信时间循环现象谈何容易，我又不愿撒谎，只能出此下策。

“对不起！”

说完，我逃也似的走开。片刻后，秀二追了上来。不过面对在柔道社每天要跑五公里的我，美术社的秀二可休想追得上。

没多久，他就被我甩开了。

停下喘口气的工夫，手机又震动起来，汤野留言道：

“怎么突然跑了？吓我一跳！”

“出什么事了吗？可以跟我们说的！”

（歪着脑袋的小猫表情。）

我在心中说了声抱歉，把手机调成静音。只要能走出阳光乐园，我一定会好好跟他们赔礼道歉。

又走了几步，我抬头看了看面前的栏杆。这里位于空中秋千的后侧，在阳光乐园的最西侧。游乐园围着一圈铁栅栏，正门是唯一的出入口。

栏杆大约高三米，只有中间和顶部两处落脚点，外形很像汉字“册”。要爬上去不难，而且这里很少有人经过，不用担心会被发现。

我朝手心吹了口气，说了声“看我的”便抓住栏杆，手脚并用往上爬。在中间的落脚点喘息后，我握住上方栏杆，做了个引体向上，顺势翻了出去。

“先玩哪个？”

又回来了。

本来就没指望成功，可心里不免有些泄气。看来从哪里走都一样。

我不死心，又试了几个地方——摩天轮后门、卡丁车场地、冬季关闭的大型泳池。结果无一例外，只要我身体的全部离开阳光乐园，循环就会再度开始。

才经历了区区几轮，我就已经感到深深的挫败。

“小孩子玩的东西。”

“无所谓，我会在下面给你们拍照。”

汤野还在跟秀二争论不休，我对练子说：

“不好意思，练子，我去下洗手间。”

“哦，去吧。”

我悄悄地走开，还不忘小声提醒拿气球的男孩。所谓熟能生巧。这样一来不仅避免了与秀二赛跑，也不会引起男孩母亲的怀疑。

脱离队伍的我掏出手机，想在通讯录里找到亚世美。

“嗯？”

明明输入过号码，怎么找不着了？我用的应该就是“亚世美”这个名字……突然间，我意识到了自己的疏忽——

一旦重启循环，除了记忆以外的一切都会被重置到一月七日上午十点十五分的状态，包括手机里的数据。

“新手就是新手。”

想起亚世美的话，我懊恼不已。她明知我会吃这种亏，怎么不提醒我？

“到底想不想帮我啊？”

“想啊。”

背后的声音吓得我大叫一声。回头一看，亚世美就在眼前。

“吓着你了？”

亚世美一脸坏笑。她好像一直在附近监视我。

“找不到电话号码，着急吗？”

“才没有，只恨某人没提醒。”

“人要亲身体验一次才记得住吧。你试过往外跑了吧？吃一堑，长一智。”

“话是不假……”

可我总觉得她只是伶牙俐齿。

反正这回我牢牢地把她的号码记在了心里。

亚世美指着卖面具和发箍等小饰品的售货车说道：

“我总是在售货车旁边重启，按游戏的说法，那里就是我的重生点。”

“每个人不一样？”

“嗯，时间地点都不一样。我们不会在走进阳光乐园的那一刻重生，要等上一阵子。”

“哦……”

我虽然听得认真，但还是对这种游戏攻略式的解说心生厌烦。曾经心里坚信的时间观念开始分崩离析。

“贤生，接下来有什么打算？”

亚世美抱着胳膊问，一副幸灾乐祸的样子。尽管不再被她敌视，但她那种游戏人间的态度还是让我心生忐忑。

“刚才我试过了，不管从哪儿走，都会回到正门广场。虽然不算山穷水尽，但还是想问你几个问题。”

“什么问题？”

“比如过去的循环受害者试过哪些方法，还有其他零零碎碎的细节，总之信息越多越好。我想尽可能了解循环现象、过去的受害者和阳光乐园。”

“要求真多。”

亚世美不耐烦地朝前走。

“你要去哪儿？”

“放心，我不会跑的。”

亚世美头也不回地走进主街，两旁的椰子树迎风摆动。附近没有火爆的游乐设施，售货车倒是不少。亚世美走到一辆餐车前，点了草莓味和焦糖味的吉事果。

“贤生，你要不要也来点？”

“我不爱吃甜食。”

“还有别的口味。”

“我现在没胃口。”

“真扫兴！你说是不是，姐姐？”

餐车营业员报以苦笑。

我管你扫不扫兴？

亚世美在不远处的长椅上坐下，问道：

“想先听什么？”

“把过去的受害者做过的尝试都告诉我。”

虽然亚世美一脸嫌弃，但还是将一连串尝试说给我听。

过去的循环受害者想尽了办法——挖地道、钻下水道、拆栅栏、叫直升机、杀死人类以外的生物、让人进入假死状态、远程篡改阳光乐园母公司“钻石路径”的土地协议、将阳光乐园的占地范围临时扩大为整个日本，等等。

全军覆没。其中有些做法甚至叫人难以置信。

“有人认为特别通行证才是元凶，就想尽办法破坏它。”

亚世美卷起袖子，亮出右手上的蓝色腕带。

“可是它刀枪不入、水火不侵，用力拉扯只会把自己弄得皮开肉绽，但那个人就是不撞南墙不回头……”亚世美平静地继续说，“觉得既然摘不下来，不如把手砍断，是不是很疯狂？不过那个人真这么干了。”

“结果呢？”

“左手腕上出现了新的通行证。”

我听了哭笑不得。

“所以在下一次循环里，那个人用最靠谱的方法走了出去。”

我靠在椅背上叹了口气，重回喧嚣。现在是上午十一点半，主街人来人往。

“不杀人就出不去，想摘腕带，没门。这就是循环过几千次的我得出的结论。”

我几欲反驳，却心有余力不足。

为了不重蹈他们的覆辙，我要下更大的决心。巨大的压力让我喘不过气来。我总算明确意识到自己的处境有多危险。

“有一种方法还没试过。”

我凑上前问：

“真的？”

“嗯，虽然成功的可能性也很低。”

“说说看。”

我被吊起了胃口。只要不伤害别人，什么法子我都愿意尝试。

“先拿斧子把你的头砍下来。”

“我姑且会听你说完。”

“然后把你的头扔到游乐园外面，由妙手神医缝合到别的身体上。这样一来，你可能不会触发‘全身离开阳光乐园就重启循环’的规则。”

“什么样的神医能实现头颅移植？”

“去找啊，比如野生的怪医黑杰克。”

“身体怎么办？”

“可能你早就被人克隆过了。”

“克隆人体在日本是违法的。”

“说不定美国正不为人知地……”

“我懂了，确实没有任何办法。”

亏我还燃起过一丝希望。

“看你这么消沉，人家想缓和一下气氛嘛。”

“这玩笑一点都不好笑。”

“也不全是玩笑。”

我吃了一惊。她没在吓唬我，只是在说明不走极端就没办法离开阳光乐园。我越来越感到没指望，便狠狠咳嗽一声，振作精神。

“向前辈的努力致敬。不过……”

还有一件要紧事没问。现在我已经知道只能靠夺去他人性命离开。不过，亚世美还几乎没有谈到循环现象本身。

我想了片刻，发现疑点——启动循环的条件是本人死亡或离开阳光乐园，既然如此……

“假如在阳光乐园……”

“不好意思，等我一下。”

亚世美像是突然想起什么事，从椅子上站了起来，走到售货车旁掏出手机。

我等着的同时也很好奇，电话的另一头是谁。

“贤生？”

我回过头去，眼前站着秀二、汤野和练子。三人都一脸难以置信地看着我。

情况不妙。

汤野手足无措地问：

“你在干什么？电话不接，消息不回……把我们担心坏了！”

我打心底里感到内疚。借口上厕所以后，我想也没想就把手机调成了静音模式，只为集中精神破解循环。

“对不起，真的对不起！你们听我解释……”

“说说看？”汤野冷冷地说道，表情也从无措转为愤怒。

“你最好能给出个合理的解释。”

秀二显然气坏了。他身后的练子向我投来鄙夷的目光。场面异常尴尬。

我背上直冒冷汗，想找借口却发现亚世美已经走了过来，看来她的电话打完了。我满心期待她能帮我解围，可她只是冲我露出一个苦笑，就转身走开了。她居然假装不认识我！

“贤生，你在听吗？”

“嗯，事情是这样的……”

救命！

夜幕降临。

从中午开始雪就越下越大，再加上大风作祟，体感温度在零度以下。地面积着湿漉漉的一层雪，人们呼出的空气也化作白雾。

我拖着疲惫的脚步朝东北方前进。游乐园快关门了，身边不时有游客走向正门。

摩天轮旁竖着“无关人员禁入”的告示，我四顾无人就迈过了它，走进一条昏暗的通道。

很快眼前便出现了一块招牌：“阳光沙滩”。再往前走就是冬季不开放的大型泳池，里面静悄悄的。

经过更衣室后，我来到一片开阔场地。屋外的灯光透了进来，偌大的泳池里空空荡荡。

泳池只占游乐园整体的一小部分，分为甜甜圈造型的普通区、儿童浅水区和占地最大的人工海滩。水池都被抽干了，就像三片废墟。最引人注目的是立于岸中央的遮阳伞，伞下还摆着供游客晒太阳的躺椅。亚世美正抱着腿躺在椅子上，动作倒是应景，可惜现在是冬天。

我走上前去，望着不再陌生的狗耳发箍。亚世美像条蓑衣虫似的裹在毯子里。

“抱歉，我迟到了。”

听到我的话，亚世美连人带毯猛地坐起来说道：

“太慢了吧！”

白天我和她通了电话，说好晚上见面，为的是详细谈谈前面没来得及问的问题。她让我到这里来，我却晚了整整三十分钟。

我走进遮阳棚，注意到亚世美身上裹着小狗佐伊毯子，那是这里的限定商品。

“差点把人家冻死了。”

“不好意思，费了好大劲才把他们劝走。”

“哦，你是怎么说的？”

“我老实告诉他们自己有约，当然没有提你。”

“他们这么听话？”

“哪有，我被问烦了，只好央求他们先回去。”

说服朋友真是桩艰难的任务，上午我也是拼命道歉才安抚好他们。

“想想都觉得胃疼，我心中有愧啊。”

“你想多了，一循环他们就会忘记的。”

“可我还会有罪恶感。”

“真是死脑筋。”

我把手伸进口袋，看了看周围。

“没想到冬天这里还开着灯。”

“是我开的。”

“你怎么做到的？”

“在配电箱上动手脚。保安也不会到这里巡逻，你想独处的时候可以过来。”

“的确是个好地方。”

“可惜太冷了。”

也不知是因为没人还是反季节造成的错觉，这里的确比游乐园中心让人感觉冷。

我搓了搓手，意识到自己正被亚世美盯着看。她灵机一动，摊开裹在身上的毯子问道：

“要不要进来？”

我被如此大胆的邀请惊得说不出话来，亚世美则像个恶作剧得逞的孩子般笑了。

“调戏你真有意思。”

我脸上一阵发烫，居然不觉得冷了。

“你老这样会让人误会的，毕竟你长得好看。”

“贤生夸我漂亮！”亚世美不怀好意地笑了，“难道你也误会了？”

“放心，我没有。”

“就知道。”她怅然若失道，“这样也好，你不该一直留在这里。”

我想她口中的“这里”不是泳池和阳光乐园，而是永无止境的一月七日。

不过她到底是因为尊重我的意愿，还是想早点把我赶走才说出了这番话？想必是后者吧。

“我也不想久留。对了，我有事问你。”

“继续白天的话题？”

“嗯。”

我坐在躺椅边上，抛出那个萦绕心间的问题——

“只要离开阳光乐园，时间循环就会重启，可假如我们一直在这儿待到关门呢？能等来明天吗，还是说在某一刻会被强制循环？”

“这个嘛……”亚世美掏出手机看了看，“还差半个小时。”

快到晚上八点的闭馆时间了。

“不打算亲身体验一下？约我晚上见面，不就是为了这个？”

“没错，不过还是想听你讲讲。”

“眼见为实。讲了你也不信。”

“还有比时间倒流更诡异的事？”

“真有。”

我摸了摸下巴。虽然心中忐忑，但既然她都说到这个份上了，我倒想见识见识。

“那我就等等看。”

“嗯，这儿太冷了，我先去下一个循环。”亚世美走了几步又回过头来，坏笑着说，“你会终生难忘的。”

远处传来游乐园送客的音乐，宣告梦幻时光的终结。

头顶的雪还在纷纷飘落，我依旧躲在空无一人的游泳池边上。现在是晚上八点二十分，早已过了阳光乐园的关门时间。

暂且无事发生。

遮阳伞上的雪花落到我脚下，雪越来越大，气温也节节下降，不管搓胳膊还是跺脚都暖不起来。

为了活动筋骨，我走出泳池，来到游乐园中央。

园内还有三三两两的游客，正在被工作人员往外领。原来，有些游乐设施会一直开放到关门时间，这些游客是刚下来的。摩天轮还在运转，不过已经不接新客。

我在园内避人耳目地散步，直到摩天轮关机、送客音乐停止。游客似乎都走光了，游乐设施还亮着灯，却不再活动。

就在我躲避巡逻的工作人员时，耳边突然传来一阵引擎声。我扭头看到一辆小面包车缓缓开到“伯爵的咖啡小憩”门口，几个工作人员下了车，给旋转咖啡杯罩上蓝色塑料布。

“大哥明天有什么计划？”

我能听见他们聊天的声音。

“玩游戏。反正下大雪。”

“下雪好烦啊……不过也多亏了这天气，明天才有假放。”

游乐园选择明天休息也合情合理。雪不停地下，游客也会少得多，何况学生的冬假只放到今天。

工作人员走后，原本就静悄悄的阳光乐园变得鸦雀无声。游乐设施各自都有专属电闸，我眼看着上面的灯光一一消失。

于是，我再也没必要躲躲藏藏，于是走到主街中央。

“好黑啊。”

在园外的路灯映衬下，游乐设施显得更加伸手不见五指，让人不禁怀疑旋转咖啡杯和木马上黑影幢幢。

我边走边哆嗦，心里还有点怕。虽说不想待在这种地方，但要是能等来明天也不亏。就算走不出去，也好过永远循环同一天。

我打算先等等看，于是就去主街找店铺避雪。

我在路上打开手机，现在是晚上十点。因为切到了静音模式，我错过了老爸发来的消息，他很担心我。

我不准备回复，反正这次也出不去。而且，我平时就不跟他联系。

我最初是因为崇拜父亲才想当警察的，可那都是过去的事了。虽然理想不变，但父亲对我来说早已不是什么偶像。

从五年前的那天起，我就一直与他保持距离。尽管不再恨他，但我也不想再和他有过多接触。

我刚要锁屏，却发现手机没了信号。

奇怪，白天明明是正常的。

我来到主街，信号依然没有恢复。

忽然间，我听到砰的一声，游乐设施的灯光也同时亮起，仿佛黑暗中突然大亮的闪光灯，晃得我眼睛疼。我立刻闭上双目。

灯光怎么又亮了？这里还有人吗？

一头雾水的我微微睁开眼。模糊的视线中有影子在动——主街上，一个牛高马大的家伙正摇摇晃晃地朝我跑来。

“什么东西？”

我眯起眼睛，想看清楚。

那是一个玩偶，头上长着恶魔般的犄角，不对，是高高竖起的狗耳朵——正是阳光乐园的吉祥物小狗佐伊。

我揉揉眼睛，确认自己没看错。佐伊越跑越近，直奔我而来。某种难以名状的恐惧从我的脚底升起。

不管是什么，这玩意儿都不对劲！

我拔腿就跑。

太恐怖了，那是什么？工作人员？为什么要穿玩偶装？为什么朝我冲过来？就算要赶我出去，也不该吓人啊。

我边跑边回头，发现佐伊渐渐被我甩开。经过旋转木马时，我已经完全看不到它了，便停下来喘了口气。

我随即发出一声惨叫。

前面又出现了一个熊玩偶，它好像叫祖祖。它也跟佐伊一样，一声不吭地朝我奔来。

我下意识想逃，又觉得这样也不是办法。而且万一里面有工作人员呢？我鼓起勇气开口说道：

“对不起，能听懂我说话吗？”

一切从沟通开始。

我盼着对方会摘掉帽子，然而玩偶毫无反应，只是朝我冲来。它要么是听不懂我的话，要么是不想跟我沟通。

这些玩偶要对我做什么？

“听说过吃人游乐园吗？”

我想起秀二的话，才反应过来阳光乐园正是这则传闻的出处，莫非它们追我是为了……

我感到毛骨悚然，再度发足飞奔。

我从不相信什么都市传说，可既然正在经历循环现象，就算碰到吃人的玩偶也不足为奇。等逮住我，它们会将我一口吞下，让我从此消失得无影无踪……

不行，不能再想下去了！

我的速度在对方之上，但体力耗尽只是时间问题。再说，我也不知道这里总共有多少个玩偶，万一这玩意儿遍地都是，抱头鼠窜只会自投罗网。

我决定重启循环，找亚世美问个究竟，于是便跑向正门。我也想过翻栅栏，又担心爬到一半被它们追上。

我拼命往前跑，眼看大门近在咫尺……

然而，门口站着一副青蛙玩偶。

我立刻转身冲向旋转咖啡杯，掀开塑料布躲了进去，想等门口的玩偶走开。

安静的游乐园里，唯有重重踏过雪地的脚步声。

玩偶离我越来越近。

心快要跳出嗓子眼了。我甚至害怕暴露自己的脉搏声，只能抱着腿，不敢发出一丝一毫的动静。

也许我不该躲在这里，闯大门和翻栅栏才是正确选项。我越想越紧张。

早知有这种事，我才不会独自一人留下来，无论如何都要跟上亚世美。她也真是的，怎么不告诉我玩偶的事？是想看我出糗吗？

恐惧、懊悔、愤怒在我心中搅成一团。

耳边又传来玩偶的脚步声，我忍不住祈祷它们快点离开。

就在这时，周围安静了下来。

莫非它们走了？

我掀开塑料布，战战兢兢探出脑袋—— 却喊不出声。

佐伊正站在咖啡杯旁低头看我。

我翻了出去，打算逃跑，但被它抓住了胳膊。我想要挣脱，却发现它的力气远大于人类。

我首先联想到的是棕熊——毛茸茸的触感、粗壮的胳膊。可它又不像动物存在力度波动，而是如同机器般死死控制着我。

练了将近十年柔道的我明白，我们之间力量差距悬殊。

单靠腕力，我绝对赢不了。就在即将放弃挣扎的一刻，我咬紧牙关，抖擞精神。

“你个狗崽子！”

我用没被抓住的那只手狠狠打中了佐伊的头。眼看它的头套歪向一旁，然后……掉在了地上。

我目瞪口呆，因为玩偶里空空荡荡，原本安放头套的位置只剩一个漆黑的大洞。

就在愣神的片刻，我的另一只手也被它擒住。看来就算没有头，它依然运作正常。

我拼命挣扎，却只是白费力气。

一群玩偶围住我。

它们把我举了起来，带往某个地方。我的一切抵抗都是徒劳，活像被小孩子捏在手中的蜻蜓。

我渐渐没了力气，害怕到极致的大脑也罢工了。

它们在栅栏旁边停下，把我扔出了游乐园。

“先玩哪个？”

我又回到了白天的阳光乐园。伴随着一阵耳鸣，我似乎潜入水下世界。朋友们的谈话、游乐设施的噪声、行人的欢声笑语与我之间都好像隔着一层厚厚的膜。

这里不再有追逐我的玩偶，我本可以安心。可是，此刻的我仿佛仍滞留在夜晚的游乐园，正从空中眺望呆若木鸡的自己，对时间的感觉也麻木了。

听见气球炸裂后，我才大喘了一口气，重新回到周围的风景和喧嚣中。

“贤生，你没事吧？”身旁的练子一脸担心。

“不……不要紧……”

“你脸色很难看，是不是想打喷嚏？”

“有点头晕，我去洗把脸。”

去洗手间的路上，我的胃里翻江倒海。

亚世美为什么要瞒着我？害得我差点死掉！

我刚想打电话，就听到她在背后叫我。

亚世美嬉皮笑脸地拿着两根吉事果说道：

“感觉如何？”

“你问我感觉如何？”

“第一次看到会自己动的玩偶有没有吓一跳？它们虽然腿脚不快，但是会死皮赖脸地跟上来。”

她说话的表情就像略微捉弄了我一把似的，丝毫没感受到我的熊熊怒火。

“瞧我给你带什么了。专为你买的吉事果，帮你压惊的。拿着。”

“我不要。”

“尝尝看嘛。”

我忍不住挥开了亚世美的手，把她硬塞给我的吉事果打落在地。

亚世美吓得轻轻叫了一声。

“为什么不告诉我玩偶的事？害我差点被它们吃掉！”

“太夸张了吧？它们不会弄伤你的。”

“不会受伤又怎么样？你会因为这个理由给小孩子看恐怖片吗？”

“你又不是小孩子……真的吓坏了？”

“没有！我是想说……”我憋着一肚子火，骑虎难下，只有朝她发泄，“我受够了，这种垃圾游乐园，我一刻都不想待下去！”

亚世美皱起眉头，生气地说：“那就赶紧找个人解决掉。”

“你知道我不会害人！”我不顾行人惊奇的目光，接着说，“别成天把这种话挂在嘴上，你要我找人替自己下地狱？”

“地狱？”

“我有说错吗？一走出去就会被强制循环，到了晚上又要被玩偶怪物追……不是地狱也是噩梦！”我将怒火一股脑地宣泄在亚世美身上，“在这种不适合人待的地方还成天嬉皮笑脸，你脑子有病吧？”

亚世美睁大了眼睛，仿佛遭到当头一棒。

想不到她居然没有立刻反击。我开始后悔骂了她。这时，亚世美眯起眼朝我走近一步，狠狠踩了一下我的脚。

"哎！"

"亏我还打算帮你……以后别想从我这儿打听到一个字！去死吧，白痴！"

说完，亚世美扬长而去。

我小声骂了一句"小屁孩"，忍着脚疼捡起地上的吉事果。不远处就有垃圾桶。

"我！"

我举起吉事果就想扔，但最终只是叹了口气。怒火已经无影无踪，空留下自我厌恶的心情。

这点心毕竟是她买给我的，虽然是一时冲动，但我不该发脾气，更不该说她脑子有病。我刚才真是昏头了。

"我这是怎么了……"

我擦了擦吉事果，不舍得丢掉，咬了一口。

没想到又脆又咸。

亚世美记得我不爱吃甜食。

我咬紧牙关，决定向她道歉。

一口吞下吉事果，我朝亚世美刚才消失的方向追去。她应该没走远才对，可我就是找不到她。

打电话也不接，看来她是彻底不理我了。

我抱着头蹲在地上，等了十秒钟，才强打精神站起来。

还得接着找。

结果我还是没能找到亚世美。

我一边躲着朋友，一边把洗手间、自动售货机和摩天轮的每一间座舱都找了个遍。电话依然没人接。我听着主街上传来的夜间巡游音乐，不知如何是好。

天黑了，找人更是难上加难。而且亚世美也有可能去了下一个循环。

我准备重启循环，心中也有了下一步计划。

其实我早该这么做的，但是找人对我来说也算是一种赎罪。我不想随随便便重启循环，感觉那是在投机取巧。当然，这只是我的一厢情愿罢了。

我走向入闸口。

“先玩哪个？”

我刚开启循环便冲向亚世美的起点。每个人回归的时间不一样，如果我俩之间隔得不久，或许还能碰到她——这就是我的计划。

靠近主街的餐车旁不见亚世美的身影。我还没死心，喘着气问营业员：

“请问有没有见过一个戴着小狗佐伊发箍的女孩子？染着头发，外套下面穿着校服……”

“哦，她往那边走了。”

来对地方了。谢过营业员，我朝她说的方向走去。那边是餐厅，亚世美也许是去吃早饭了。

我一路仔细寻找，终于看见了亚世美的背影，急忙追了上去。我总觉得这是最后的机会。她应该听不见我的脚步声，却鬼使神差地回过头来，然后一脸嫌弃地拔腿就跑。

“别跑！我是来向你道歉的！”

“不需要！”

“好歹听一听！”

亚世美充耳不闻。我不想动粗，但现在除了抓住她以外没有别的办法。

我眼看就要追上亚世美了，她却一脚踏进地面的裂缝，摔了一跤，发箍、手机和钱包掉了一地。

“你没事吧！”

我在亚世美身旁蹲下，不知所措。亚世美缓缓爬了起来。

“疼死我了……”

虽然亚世美摔得很重，但除了手心擦破皮，她身上没有外伤。我总算松了口气。

见亚世美一脸痛苦地捡地上的东西，我也动手帮忙。我把手机、耳机和润唇膏递给她，被她一把夺了过去。

“要包扎一下吗？”

“不用，循环一次就会好……”

“哦……抱歉吓到你，真的对不起。”

亚世美没搭理我，在餐厅的露天椅上坐下，看来她不打算逃了。我也在她对面落座。

“我……不该说那种话。今后还需要你的帮助，拜托了！”

我尽量诚恳道歉。

沉默了几秒钟后，亚世美轻轻叹了口气。

“没关系，一开始是我不好。”亚世美若有所思地说，“我常常在节骨眼上瞎胡闹，没少得罪人……自己也控制不住。你没说错，我是有病。”

“不……”

“你多少会觉得我有点怪吧？所以我才能适应循环。正常人早就受不了了。”

亚世美语气平静，看不出还有没有生气。

“人各有志。你跟我、跟循环现象都合不来，所以不管我帮不帮你，你都坚持不了多久。”

她悲观的态度让我很担心。

“现在下结论还太早。”

“不，我已经看清楚了。”

亚世美说着站了起来。我话还没说完，怕她又要跑。不过她只是慢慢拖着自己的椅子朝前走，椅子腿在地面上磨出沙沙的声响。

“你在干什么？”

见她不回答，我只好跟了上去，心里七上八下。她要带着椅子去哪儿？周围的游客也都好奇地看着亚世美。

亚世美在接近主街的位置停了下来，她面前有一块画着吉祥物的露脸拍照板，周围还有背景和站人的地方。这里经常有人拖家带口打卡拍照，不过此刻冷冷清清。

“贤生，最后再告诉你一件事。”亚世美笑呵呵地说道。

最后？

“玩偶会在两种情况下出现，第一是过了晚上十点还不离开游乐园，第二嘛……”

亚世美挥起椅子，重重砸在露脸拍照板上，供游客露脸的小狗佐伊面框应声折断。她接着砸向佐伊的身体，一下又一下。等到佐伊面目全非，旁边的小熊又遭了殃。

我和众人一起目瞪口呆地望着这一幕。在旁人看来，亚世美准是疯了。我也不明白她为什么要这么做，难道她脑子真的不正常？

亚世美长舒一口气，放下椅子。

“就是阳光乐园的设备遭到破坏，像这样。”

我总算明白了，原来她是在说玩偶出现的前提条件。

“难不成……”

一阵脚步声向我们逼近。我还没来得及回头，不知从哪儿冒出来的小狗佐伊玩偶已经一把抱走了亚世美。

一切都发生得太过突然了，我愣了片刻才反应过来。我拼命追了上去。

玩偶怀中的亚世美一动不动。难道说，她是为了躲我才召唤出玩偶？我无暇细想。

眼看我就要抓住玩偶，但它的四肢又短又粗，没地方下手。于是我只好像橄榄球运动员那样一把将它抱住。

让人意想不到的是，玩偶居然能带着我们两个人稳步前进。我虽然抱住了它，但像是在被汽车拖着走。这股蛮力和夜里的玩偶一模一样。

我死也不松手，拼命抱住它的肚子，同时双脚蹬地增加阻力。

"还不放弃啊，贤生？"佐伊怀中的亚世美若无其事地回头。

"亚世美！我还有话要说！"

"我没话对你说。"

玩偶终于停了下来，却不由分说地将我们两个丢出了游乐园。

"先玩哪个？"

我差点大吼出声。

她到底在搞什么？就算不想跟我说话，也不必出此下策吧？

我感到心烦意乱。我非但没能修复彼此的关系，甚至弄巧成拙。亚世美既没有生气也没有难过，而是要和我划清界限。再去找她也没用了。

愤怒、懊悔、恨自己无能的情绪在心头积压，就连叹息在我眼中都是黑色的。

最后还是没来得及谢谢她的吉事果。

"贤生，怎么唉声叹气的？"

练子担心地问。

"不要紧的。"

对，这点挫折不算什么。即便亚世美不肯帮我，我也会找到办法的。

一定！

第四章

玩个痛快！

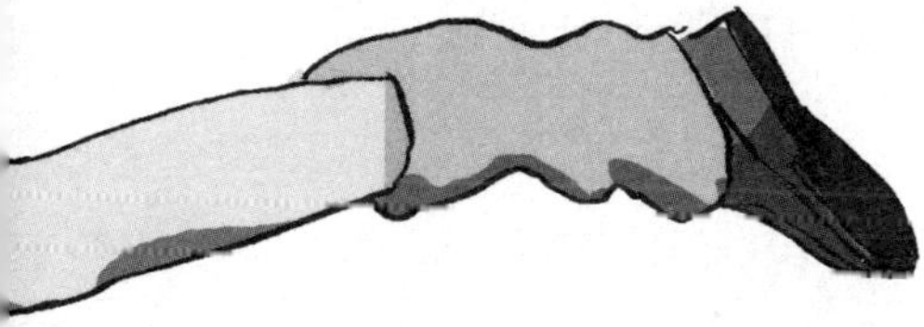

“亚世美，对不起，我坚持不下去了……”

练子像提分手一样哭哭啼啼。情有可原，毕竟她要跟我分道扬镳了。

下午四点，我们在阳光乐园的餐厅里聊正事。店里人不少，随处可见疲惫的父母和打盹的孩子，他们都想在回家前稍事休息。

“没必要道歉，练子。”我笑着对她说，“你不在的话，我确实会孤单，可我也不想勉强你。早知道会有这一天的。再说这种事还是要你自己决定。”

练子始终低头盯着餐桌。咖啡她一口都没动，早就凉了。

“你打算让谁做下一个？”

练子冲我微微点头，说道：

“认识龙崎贤生吗？”

“就是那个跟你一起来的男生？”

“嗯……”

练子愧疚地道。

“最好还是别对朋友下手，太残酷了。他得罪你了？”

“没有。”

“那你为什么选他？”

“在我认识的人里，贤生是最不可能杀人的。我想他会坚持找别的出路。”

“别的出路……”我托着下巴，“你想让他终结循环？”

“亚世美，对不起。”

然而，练子心意已决，让我有些失望。她知道我想留在循环里，也明白背后的原因，却准备打破我的美梦。

不过这就是正常人的想法，不正常的是我。

“循环的事先放到一边，可他是个青春期男孩，你真的放心吗？”

“没问题，他是个老实人，恋爱都没谈过。”

“只是没人看得上吧？”

“这让我怎么说呢……汤野还是挺喜欢他的。身高和颜值也不差。”

“名字太奇怪了……”

“将就一下。”

知道我只是在开玩笑，练子也笑了。想到以后没机会像这样跟她聊天，我心有不舍。

“你乐意就好。”

“谢谢你，亚世美。”

可是就算得到了练子的认可，那个男生对我来说也是不值得信任的陌生人。而且无论多么倔强，他都不可能找到杀人以外的脱身方法。

我倒是盼着他早点放弃，把接力棒交给别人。要是练子不走就好了，但她已经打定主意，还是笑着道别吧。

“后面的事就交给我吧。”

“拜托了。”

练子叹了口气，看向窗外。因为下雪的缘故，天黑得像晚上。哪怕经历了上千次，我还是不习惯。

练子又叹了口气说道：

“未来会怎样呢？”

我心里一阵难过。

很快我便不能再像平时一样约练子吃早饭了，毕竟她已经跳出循环，回归“今天第一次来游乐园的女生”这一身份，也不会记得我。

练子本人在杀害朋友、离开阳光乐园后，可以在未来继续上学、看电影、去任何想去的地方，却无法抹去行凶的经历。

既然越想越难过，就不去想了吧。未来充满未知，可惜没有皆大欢喜。

走出餐厅，夜幕已经降临，耳畔传来巡游的音乐。我们走向主街，打算最后再一起看一次。

“亚世美，别看贤生四肢发达，内心其实很敏感的，你要多帮帮他。”

“看心情。”

*

“来集齐阳光乐园的可爱吉祥物吧！”

每次经过主街，我都能看见这台阳光乐园独有的扭蛋机。“小狗佐伊”“小熊祖祖”“豚鼠科贝”“羊驼拉曼恰”“猫头鹰伯爵”“小鸭格里高利”“蜥蜴巴奇”“青蛙比普”——“可爱吉祥物”系列扭蛋共有八款，和那群可恶的玩偶相对应。

“想扭一个吗？”

秀二问我。

“不要！”

它们最好别出现在我眼前。

“贤生，你没事吧？”

不好，又走神了。我连忙把丢掉的魂召回摩天轮。

现在是晚上六点半，天已经黑了。窗外下着雪，脚下是看腻了的夜景。

这几天我都感觉很累，虽然重启循环能恢复体力，但我对精神上的疲劳无能为力。如果秀二和练子也在这里聊天的话，还能帮我转移汤野的注意力。

“没事，放心，一切正常。”

“你确定？我看你愁眉苦脸的。”汤野担心地望着我，“有烦恼可以跟我说说。”

的确，最近都快烦死了，但是我不能对汤野说，那样只会徒增她的担忧。我想破脑袋都解决不了的问题，丢给汤野也没用。

可我又不想骗她，只好转移话题。

“你玩游戏吗？”

“游戏？以前经常玩，现在……”

“我也是。上小学的时候，我只认真玩过一个角色扮演游戏。把等级练满，穿上一身极品装备，碾压最终头目。”我感到口干舌燥，但还是接着说，“像很多别的游戏一样，通关以后重读存档就会回到战胜最终头目之前的状态，但是对当年十岁的我来说，那种设定真的很讨厌。”

汤野天真地望着我，等我说下去。

“明明消灭了幕后黑手，还世界以和平，可我却高兴不起来，因为我的努力都白费了。公主危在旦夕，主角大仇未报。无论战胜最终头目多少次，我都只能短暂地拯救世界。想到这一点，我就对游戏失去了兴趣。”

我苦笑道。

“感觉莫名其妙吧？”

“我愿意听！”汤野忙着说，“你很少提过去的事，能听你说这些，我很开心。”

“谢谢。”

汤野在座位上不知所措地拨弄着手指，欲言又止地盯着我看。

时间差不多了。

“其实，有件事我早就想告诉你……”

汤野握紧了手。

摩天轮的运转声在我们的沉默中愈发清晰。

“我……”

我等着她说下去，心中毫无波澜，仿佛在等广告播完、洗澡水烧热。

汤野下定决心说：

“下回再说吧。”

“嗯，好的。”

我笑着安慰汤野。我知道她不会告白，也知道永远不会有“下回”。

这已经是我第四十一次和她坐摩天轮了。

失去亚世美的帮助后，我开始与循环现象孤军作战。

既然逃不出去，我便想在力大无穷的玩偶们身上寻找突破口。

循环现象没有实体，玩偶却是看得见、摸得着的。对它们下手，或许也能让循环现象发生改变。

至少两者之间一定存在关联。

那些玩偶虽然古怪，但行为逻辑却类似游乐园的工作人员。召唤它们的条件是滞留游乐园或破坏设备，这些明显都是捣乱行为，会引发工作人员的反应。

而我们不是一般游客，还拥有通行证这一特权。我的猜测是，一般工作人员拿我们没办法，所以才会有这些玩偶的存在。这也能解释它们为什么只把我们扔出去，而不会伤害我们。既然如此，为什么又有“杀人才能脱身”这条血腥规则呢？我暂时还没想通。

我首先尝试摆平它们。

我想自己参加过柔道全国大赛，还能无限重来，并非毫无胜算。

可是我太天真了。

我曾经在深夜的阳光乐园将一只吉祥物玩偶重重摔在地上。那是我重复挑战五次的结果。然而，它毫发无伤地站了起来。

第七次挑战，我不仅把它扔到地上，还腾空跃起、用尽全力踩它的肚子，一下接一下……最终，它若无其事地抓住了我的脚。

第十一次，我将从餐厅厨房偷来的菜刀深深刺进玩偶的身体，却依然没能对它造成任何打击。

第十六次，我找来卡丁车汽油和厨房的打火机，在玩偶身上放火。然后，浑身着火的玩偶朝我冲了过来。

玩偶不仅是金刚不坏之身，更有八个之多。

我连伤都伤不到它们，别提把它们全部摆平了。于是我改变策略，准备和它们躲猫猫到第二天。

玩偶跑得并不快，我对自己的体力也有信心。再说，故事里出没于夜晚的怪物到了早上往往就得意不起来了。

接下来的每一天晚上，我都在为见到一月八日的太阳而逃避玩偶的追击。

却一次都没能熬到零点。

我听见自己的喘息和雪地上的脚步声。

手表上的时间是晚上十一点半。我一刻不停地跑了一个多小时，嗓子快被寒风撕裂，双腿精疲力竭。

我跑过空中秋千，回头看到身后已经有三个玩偶。它们快追上来了，说明我慢下来了。

玩偶是不会累的。为了抓我，它们有时会停下，但追我的时候绝不松懈，甚至在我看来，它们还越跑越快。

“可恶！”

我快跑不动了。

躲也没用，它们总能找到我。一开始我以为它们在跟着我的脚印走，可我猜错了，它们甚至能在下水道里逮到我！

我在它们眼中无处遁形，只有不停地跑。

一个玩偶挡在我的前面，逼我转弯。然而两侧也都有它们的身影，我被包围了。

不知不觉间，我又一次成了瓮中之鳖。

我不愿束手就擒，决定杀出一条血路。

我朝面前的小鸭格里高利冲去，后者停下脚步，展开双臂。眼看离它越来越近。最后，我从它的腋下钻过，一头撞在它的腰上。紧接着，我从后面抱住它的双腿，将它举了起来。

这叫作双手刈，在柔道中属于严重犯规，但我不打算与它们公平竞技。

格里高利又大又重，但此刻重心过高，还是向后倒了过去。我见好就收，继续逃跑。

尽管放倒了拦路之敌，我却上气不接下气，心脏也跳得飞快。双腿突然变得异常沉重，可停下来只会坐以待毙。

我拼尽最后一丝力气奔跑，吃惊地望着手表上的时间——晚上十一点三十六分。才过去了六分钟？反复挑战了这么多次，距离第二天还差整整二十四分钟。

想看早晨的太阳是痴人说梦，可至少让我坚持到零点吧！

这时，我没看见前方被白雪覆盖的窨井盖，在上面重重滑了一跤。

浑身上下传来剧痛，夹着沙粒的雪灌进嘴里。玩偶近在眼前，我却再也站不起来了。

“浑蛋！”

我满嘴都是沙子的味道。

“先玩哪个？”

我的体力终究有限，最后一定会上气不接下气地被它们追上。练跑步毫无意义，因为一旦循环就前功尽弃。

打不过，逃不掉，到底该怎么办？

“贤生你没事吧？脸色好难看。”

练子不知是第几回关心我了。每次开始新的循环，我的情绪总是无法摆脱前一次的影响。

“抱歉，没……”

话说到一半，我突然想，何不将一切都和盘托出？

一直以来我都不想让朋友担心，可为什么不能跟他们聊一次呢？就算解决不了问题，他们或许也能给我一些启发。只是要让他们相信循环现象，恐怕得费一番工夫……

“等我一下……”见三人看向自己，我抱着死马当活马医的心情开了口，“有很重要的事对你们说。”

我把他们带到餐厅，坦白了关于循环的一切，只是没提练子也曾是受害者的事。毕竟隐瞒多少也无大碍，说出来反而有可能造成不必要的麻烦。

朋友们的反应不一——汤野从头到尾都很吃惊，练子将信将疑，秀二则嗤之以鼻。

“你在胡说八道些什么？”秀二率先发难，“我不排斥超自然现象和都市传说，但是更相信现代科学。”

我看了眼手表，说道：

“七秒钟后，我们斜后方桌上的杯子会掉下来。”

秀二皱起眉头，看向那张桌子。

倒计时完毕，一个孩子果然打翻了杯子，杯中水洒了一地。

“四秒钟后，排在买拉面队伍末尾的人连打三个喷嚏。”

看到我的“预言”成真，秀二显得难以置信。

“可是……总会有巧合的！”

“汤野，能借我一支笔吗？”

“哦，给你……”

秀二还没从震惊中缓过劲来，我接过汤野的笔，离开座位拿了一张免费纸巾，在上面写下一行字后把它折了起来，回到原位。

“秀二，随便想一句话。”

“莫非你想猜？”

“没错。”

“院子里有两只鸡。”

我摊开纸巾，上面赫然写着“院子里有两只鸡”。

“不可思议……”

秀二睁大眼睛死死盯着那张纸巾。

其实，决定向他们坦白以后，我尝试说服他们五次都没成功。尤其是秀二和练子始终表示怀疑，让我不得不利用循环。

“等一等，你们不会是串通好的吧？”练子说。

“练子和汤野也可以随便想一句。来，说说看吧。”

“提前说出来不就没意义了？”

“没问题，我早就准备好了。”

“这……”

两个女生互看了一眼，缓缓道：

“恨之入骨，誓要剖心挖肺！”

“姜汁烧肉和土豆沙拉。”

我翻开纸巾，下面一字不差地写着两人刚才说的话。练子说的是电影广告词，汤野说的是昨天的晚饭，很符合两人的性格。

“你们愿意相信了吗？”

没必要继续证明了。

三人的表情比刚听我说循环现象时还要诧异，信奉眼见为实的秀二更是连声嘀咕“不可能”。我理解他的心情，换成是我也会有相同的反应。让我意外的是，适应得最快、最关心我的人是汤野——

“我们要一起想办法帮贤生脱困！”

本就富有同情心的她或许已经理解了循环现象对我造成的困扰，让我很感动。

秀二和练子也变得严肃起来，三个人都在争分夺秒地为我出主意。

我很庆幸自己有这群朋友，所以他们的点子越是没有新意，我就越懊恼。那些办法要么是我已经试过的，要么不具备可行性。他们真心想帮我，反而令我感到内疚。

眼看游乐园就要关门了，餐厅最先打烊。我们在寒风中一筹莫展。

说实话我感到有些尴尬，也不想让他们继续陪着我受罪，便说道：

“谢谢你们帮我想办法，我先走了。”

“去哪儿？”

秀二问。

“下一轮循环。还记得吧？只要走出大门，就会回到早晨。”

“贤生……”秀二犹豫着，“其实我还没有彻底相信，但我知道你现在很苦恼，也想为你出一份力……”

练子也重重点了点头。

对此我并不意外，两人的怀疑从他们的态度和口吻中表露无遗。毕竟，时间倒流这种事可不是说相信就能相信的，但他们依然凭着好心、耐着性子陪我动脑筋……不怕难为情，我想这就是友情吧。所以哪怕他们没有完全相信我的说法，我也心怀感激。

“等一等！”唯独汤野仍不死心，“我相信贤生说的都是真的！还有时间，我们再商量商量，别轻言放弃！”

我觉得心里暖洋洋的，但是再聊下去也聊不出个名堂。可我又不忍心拒绝她的提议，秀二和练子也尴尬地沉默着。

也许不该把他们卷进来。想到这儿，我带他们去了游泳池，那里不会有工作人员。

“你不能跟亚世美和好吗？”秀二站在商店的屋檐下说。

“白天说过了，根本联系不上，就算被我找到，她也会掉头就跑。”

“还有没有别人能帮忙？比如家里人？”

“你是指我老爸？”

不知不觉间，我的语气变冷。

秀二的目光却柔和起来。

“你也别太固执，他要是知道你现在的困境……”

“别说了，跟他没关系。”

“不能这样说吧？”

我明白自己只是在赌气，但就是不想提及有关老爸的话题。哪怕被秀二这个老朋友提起，也不例外。

秀二叹了口气，向前走去。

“你去哪儿？”

“游泳池门口有售货机，我去买点热饮。”

“我也一起去。”

练子说着跟了上去。

泳池的岸边只剩下汤野和我。

我们默默等了一会儿，汤野喊了我一声。我回过头去，见她正紧张地低头看着脚下。

“只要杀掉一个人，就能出去？”

“是有这条扯淡的规矩。”

“假如……你实在想要跳出循环，可以把我留下来。”

“什么？”我的声音大到把自己都吓了一跳，“不许开这种玩笑！”

“不是开玩笑。”汤野抬起头来，表情痛苦，泪盈盈地说，“你想要出去吧？已经试过很多办法了，不如……”

“别说了，我还不至于……”

“你愿意留在这里吗？我不想你这样！你不该被关在这种地方，那样太可怜了。你比谁都更努力，却要遭这种罪，我想都不愿意想！”

“可是……”

“我……”

汤野也大声起来。她双颊泛红，嘴唇微微发抖，却怎么都说不出后半句话。气氛变得暧昧起来。

汤野的表情似曾相识，我在摩天轮上曾多次见过她这样。难道说，她要挑这个时候……又或许这才是最好的时机，可以让她不再半途而废了。

“喜欢……你。”

我真没想到她会在这个节骨眼上第一次把话说完，也许是因为听我说了有关循环的事。不过我没时间细想了，必须立刻给她答复。可我该怎么说呢？我当然觉得汤野是个好女孩。

所以我还在犹豫什么？

说真的，我没理由拒绝。没人规定情侣必须从一开始就相互喜欢，而且无论我如何回答，循环过后一切又将还原。既然如此，唯一的选择便是不伤害她。

我稳了稳情绪，张开了嘴……

“是对朋友的那种喜欢！”

汤野又补充道。

她可真会大喘气！我居然由衷地佩服。

“原来是作为朋友……”

我知道那不是她的真心话，不是我自作多情，我相信汤野只是缺少勇气。可无论如何，我心中都感觉空落落的。

“我的心情也和你一样。”

“那就好，哈哈哈！”

汤野笑得很尴尬。我们都不知道如何继续对话。真希望秀二和练子快点回来……我的心声成真，很快他们拿着饮料走了过来。练子疑惑地看着我和汤野说道：

“你们怎么了？”

“没什么！”

我和汤野异口同声地道，然后接过了饮料。

随后我们开始商量对策。他们已经知道，过了晚上十点吉祥物玩偶就会把我赶出去，便在我身边围成一圈，不让玩偶靠近。我不觉得这样做有什么用，但也不想拒绝他们的好意。

经过了一天的讨论，朋友们脸上都有了倦意，也都不怎么说话了。我们留在原地不动，脚上积了一层被风刮来的雪。

“上回下这么大雪的时候，我们还在上小学五年级。”

秀二嘀咕道。我也开始回忆：

“你说的是第一节课整节课都在打雪仗的那次？”

“是啊，你也难得地跟我们一起疯，大家还比谁捏的雪球最大。”

“我是吊车尾。”

“谁让你那么在乎造型？”

“真怀念啊。”我不禁笑道。

就在这时，汤野和练子一同栽倒在地。

我和秀二都发出惊叫。

这也太突然了，她们摔倒的样子仿佛断线木偶。

“你们没事吧？”

我们两个急忙蹲下查看，发现汤野和练子都闭着眼睛，发出轻微的鼾声。

她们睡着了？

不管有多累，人在这种时候也不可能说睡就睡啊。我正感到奇怪，身边的秀二也倒了下去。

"喂，你没事吧？"

我立刻抬起秀二的上半身，秀二意识模糊、嘴唇哆嗦地说道：

"不知怎么，就是想睡觉……"

然后，他的脑袋就歪了过去。任凭我怎么喊怎么摇，秀二都没醒来。

我彻底糊涂了，难道这也是循环现象造成的？

我不想让他们躺在冰冷的地面上，又不知该怎么搬动。我无奈地看了一眼手表，正好是晚上十点。于是我想到了一种可能——莫非一到这个时间，就只有我能行动？

晚上十点以后有除了我以外的人留在游乐园里——这还是头一回。在被玩偶追的时候，我也从没见过其他人。亚世美也会睡着？不，从她的话里可以判断，她肯定遭遇过玩偶。也就是说，在这个时间点就只有循环受害者可以活动。

我能感觉到游乐园是铁了心不让人过夜。

三位朋友如此关心我，我却无法接受他们的帮助。

我握紧了拳头。本来我就没有期待他们能把我救出去，可我没想到，就连这一丝微弱的希望都让人看不到。

"搞什么啊！"

摩天轮的灯亮了，耳畔响起玩偶的脚步声。

"先玩哪个？"

我又回到了上午十点十五分，感到前所未有的无力。

秀二和汤野就像什么都没发生过似的，在争论要先玩哪个项目。练子笑眯眯地看着他们。

“汤野……”

听到我的呼唤，汤野回过头来。

“贤生有想玩的吗？”

她眼中只有纯粹的期待。

包括与循环有关的信息在内，我们在上一轮谈过的内容，都已经从她的记忆中消失了。当然，那次告白也……

就算我从头再跟他们讲一遍，也是白费口舌。我们不会有新的办法，到了晚上他们还是会睡着。

到头来，一切都是徒劳。

“贤生，你怎么了？”

从一开始我就只能单打独斗。

“抱歉，没什么。”

我早该料到才对。

我不能指望朋友帮忙，但是又害怕一个人东想西想会发疯，所以白天选择和他们待在一起。等过了关门时间，我就和玩偶躲猫猫，每次都迎来相同的结局。日复一日，我的精神状态越来越差。

“我刚想起来自己有恐高症。”

排队等摩天轮的时候，秀二说道。

夜幕降临，漆黑的天空看不见星星，只有雪花纷纷飘落。摩天轮门口有屋檐，但寒风还是把雪花吹到我们身上。

“我也有恐高症，只能你们两个上去了。”

练子也配合他。

这一幕我已经不记得见过多少次了。

尽管每次循环都有细节差异，不过最后坐摩天轮的过程总是一致的。我想秀二一定提前做好了安排，所以只要不出意外，这件事就会发生。

“你们……怎么回事？”

然后我就会和汤野一起走进摩天轮，而她会这么说：

“真受不了那两个家伙，下去看我怎么教训他们。”

果然，汤野的表情和我预料的一模一样，说的话也一字不差。

因为循环过很多遍，我已经记住了朋友们的台词。

汤野、秀二、练子都是我的好朋友，我也很喜欢他们。

然而，最近我越来越觉得他们像是被提前编入程序的机器人。我痛恨这种念头，不过和他们在一起对我来说却成了一种折磨。

“也不是没有好处，就我们两个坐也更宽敞……”

“嗯。”

我随声附和。

在欢声笑语中，我们回顾了这一整天。一切对我来说早已味同嚼蜡，却是汤野宝贵的初次经历。所以为了让她安心，我还是努力配合。

话题告一段落，汤野端正坐姿说道：

“其实，有件事我早就想告诉你……”

眼前的一幕我也见了无数次。除了坦白循环现象的那次以外，汤野从来就没把话说完。这次一定也不例外。对此我难免感到厌倦。

我们都没有说话。一阵微风刮了进来，吹动了汤野的辫子。

微风？

我和汤野坐过很多回摩天轮，从没有遇到这种现象，然而我却对它似曾相识。好像是很久以前的事了，当时我和别人在座舱里……

对了，和亚世美一起坐摩天轮的时候也有风。虽然我总是会和汤野经历这个过程，但是每次坐的座舱却不尽相同。

我站了起来。

“怎么了，贤生？”

我检查了窗框，果不其然，上面的亚克力窗松动了，所以才透着风。稍微用力一推，窗户就会掉下去。当初亚世美把我推过去的时候就发生了那种情况。

“外面有什么东西？”

汤野也起身走到窗口。

“汤野，别靠近窗……”

话说到一半，一个念头在我脑际闪过——

现在把汤野推下去，我就能跳出循环了。

这个想法冷不丁地冒出来，不带丝毫感情，但我很快意识到自己的冷血，瞬间浑身冰凉。

“别过来，坐下！”

我下意识地大喊一声，把汤野吓了一跳。

“怎么了？是不是我做错什么了？”

“没有，这不怪你，不怪你……”

我开始发抖。

我自认正义感很强，刚才却有了那种想法，这让我对自己失去了信心。哪怕只是动了那个念头，都让我难以容忍。而且目标还是关心我、喜欢我的汤野……

我感觉自己的世界崩塌了。

我一直在努力做正直的人，认为这是自己的使命。我也相信自己生来就是好人，无法接受鬼迷心窍想要牺牲汤野的冲动。

“你不要紧吧？怎么脸色煞白？”

汤野凑近道。可我已经没有勇气看她的眼睛。

当然，我没有丝毫动手的打算。可是心中所想早晚会影响我的行动。一次又一次地循环会拖垮我的精神，令我丧失判断能力，直到临时起意、对人下手。哪怕只有万分之一的可能……

我必须和朋友们保持距离。

下了摩天轮后，我立刻重启循环，没有精力继续对付玩偶了。

我找了个身体不舒服的借口辞别秀二他们，去了门口接待处的医务室。我对工作人员说自己需要休息，就躺在了床上。这里和学校的医务室差不多，以前难受的时候我也来过。

我把被子盖过头顶，只想一个人安静。

我担心自己早晚会丧失理智，所以现在不愿和任何人交流。

无法离开阳光乐园、随时可能伤害别人——两股不安同时压得我喘不过气来。

我紧紧闭上了眼睛。

*

“你戴着很好看！”

售货车里的姐姐冲我微笑。

她那张面对顾客的笑脸我已经看过几千次了。也许在我的人生中，见她的次数比父母还要多。

“谢谢。”

说完，我从售货车旁走开。

每次重启循环，我都会回到自己买发箍的那一刻。我已经不记得为什么要挑小狗佐伊的款式了，不过也戴习惯了，就懒得摘掉。

手机上的时间是上午十点十三分，快了。

我边走边把手插进兜里。早上还是很冷。既然要无限循环，挑个温暖的日子该有多好啊。不过我的心情好极了，每次从头开始，我都像星期六早上起床时那样神清气爽。

我走近门口，正好看到贤生一行人出现。于是，我躲在售货车后面观察他们。

贤生启动循环的时间是上午十点十五分，比我晚一些。所以，我可以看到他在进入循环之前的样子。此刻的他正笑眯眯地看着自己的朋友们，有点像旁观孩子的家长。这种状态还能维持几秒钟。

时间到了。

我从远处都能看见他变得无精打采。

他回来了。

跟前几次一样，贤生和另外三人说了几句话，转身走向接待处。

最近十轮左右，他都会从早到晚待在医务室，既不试着脱身，也不再找玩偶的麻烦，恐怕连饭都没好好吃。

这阵子既见不到他，也没接到他的电话。跑来一看，发现他好像真的放弃了。

比我想象的要快。

他想就此离开也很正常，我们的价值观又不合，我该把宝押在下一个人身上。

不过，我总觉得这样不好。

练子曾拜托我帮助贤生，而且我也知道他心地善良。也许，该对他施以援手了。

可我要怎么面对他？我已经和他绝交了，还一直躲着他，连电话也不接。他会不会生气？我想会的。冷静下来想一想，无论是威胁他要把他推下摩天轮，还是故意不告诉他吉祥物玩偶的事，我做得都挺过分的。其实我在心里也感到抱歉，但是只要待在阳光乐园，我就忍不住捉弄别人……

讨厌，已经开始找借口了，还是别去见他了……

我犹豫着买了吉事果，边走边啃，又坐了两次云霄飞车，去餐厅吃了午饭，终于下决心去看他一次。

毕竟我也不是冷血动物，贤生又是练子托付给我的朋友，不能见死不救。

于是我走向接待处。现在是下午三点，贤生应该还在里面。

我对工作人员说自己是来见朋友的，他们便放我进去了。我走进医务室，看见贤生背对着我躺在床上。

我小心翼翼地靠近他，说道：

“贤生，我来啦。”

没有反应。

他真的生气了？我忐忑地等他回答。可他还是一声不吭，所以我绕到床的另一头去看。原来他睡着了。

我想叫醒他，却发现他满头大汗，好像在做噩梦。

他双眉紧锁，表情痛苦，像在闹肚子，嘴唇微微颤抖，小声说着梦话。我把耳朵贴上去，想听清他说的是什么。

“爸爸……”

我立刻缩了回去，感觉听到了不该听的。

床上的贤生缩成一团，仿佛弱小的孩子一般在噩梦中呼唤父亲。这一幕看得我心疼。

居然害他变成这样，我真是太残忍了。

而且……

“好想消失……”

我摇了摇头，驱散不好的回忆。

可假如贤生正在承受着我过去的那种折磨……

我下了决心，向他伸出手去。

*

有人在推我。

我昏昏沉沉地醒来，勉强睁开眼睛，看见了亚世美。

“早上好，你还好吗？看来不太好呢……”

我以为自己是在做梦，拒我于千里之外的她怎会主动来找我？于是，我忍不住多看了她几眼。

“反应好慢啊，还没睡醒？”

亚世美在我脸上用力捏了一把，疼得我马上清醒过来。这不是梦。

我大叫一声坐起来，差点从床上摔下去。

“你、你怎么来了？”

我一头雾水。虽然一直想找她，但此刻的见面太过突然，让我不知所措。

亚世美尴尬地别过头去，在脸上挠了挠。

“怎么说呢，总觉得过意不去……又放不下心来，所以……”

她目光游移不定，说话嘟嘟囔囔，过了好几秒钟才终于鼓起勇气看着我说道：

“对不起，我一直躲着你！”

我不敢相信自己的耳朵。

她这是怎么了？居然会突然内疚？因为我一直待在医务室吗？尽管她来找我，我很高兴，可我还是不敢轻易下结论。

“怎么偏偏是现在？”

“真的抱歉！我也知道自己很冷酷……”亚世美无所适从地解释，“我一直远远看着你跟那些玩偶打架、躲猫猫，也知道你越来越没精神，最后待在医务室不出来……实在放心不下来看你，又发现你在做噩梦，感觉过意不去就……”

“我做了噩梦？”

“嗯，还在梦里喊爸爸。”

这让我很意外。就算我真的做了噩梦，也不会说那种话……

“胡说八道！我怎么会需要那种家伙？”

“我、我没骗你……”

亚世美看上去不像是在撒谎，但我还是难以置信，总觉得是她听错了。

我想找理由反驳，却依稀回忆起过去。当年的痛苦心情卷土重来，让我忍不住摸了摸额头。

“真是糟透了！”

亚世美满脸困惑，她坐在我的床上，像来探病的长辈般一脸关心地看着我。

“和你爸爸关系不好吗？”

“你不知道他的事？”

“练子跟我提过一点，他是警察吧？”

“不再是了，因为贪污罪行被检举而引咎辞职。”

亚世美微微吃了一惊。

“五年前，我的天塌了。”

我没必要向她解释这一切，想说的、要问的还有一大堆。不过，现在我只觉得不吐不快，

“老爸一直是我的偶像，我盼望自己长大了能变成像他那样的人，直到听说他贪污。”

最开始我以为那是胡说八道，但老爸的新闻上了报纸，使我不得不相信。

“那段时间太难熬了，在学校被人指指点点，还有陌生的混混来找我麻烦，甚至连家里的信箱都收到了恐吓信。不过我不在乎，毕竟只是一时的困难。最让我苦恼的还是前途……”

“前途？”

“没错，你知道我的理想是从警，有个贪污罪前科的警察父亲对我来说意味着什么？想到这一点，我就心情沉重。我恨他，甚至想过放弃走警察这条路，最后还是不舍得。”

不知不觉间，我的语气变得凌厉起来——

“我发誓不会成为老爸那样的人，我要比任何人都正直，当一个完美无瑕的警察。谁能想到……”

我抓紧了床单，感到一阵卷土重来的轻微头痛。

“贤生……”

亚世美不安地喊道。

都说到这儿了，不如全告诉她吧。

“有一次和汤野坐摩天轮，我差点犯下大错——心想要是把她推下去，或许就能跳出循环了。当然，我没有那样做，毕竟思想和行动之间隔着巨大的鸿沟。这一点我是明白的，但我还是受不了，受不了！说不定有一天我也会像老爸一样‘一时糊涂’……我不能容忍自己心中有犯罪的欲望。”

我长舒一口气。

原以为说出来会轻松些，但我的心情依然压抑，甚至比刚才更糟糕了。

我摇了摇头，稍微振作起来。

“不，现在不是说这些的时候……”

出人意料地，亚世美轻轻摸了摸我的头。

“你、你干什么？”

我下意识地拨开了她的手，开始后悔自己反应太过暴躁，不过亚世美并没有生气。

“对不起，我是看你这么难过……”亚世美眼神中透着关切，“你也不容易。”

我心情复杂，不愿承认自己既难为情又开心。

“亚世美，你要是肯帮我，我就会比现在好过些。”

我掩饰着内心的欢喜，嘴上却不饶人。

亚世美皱了皱眉，说道：

“真的对不起啦！”

看来她有在反省。话说回来，也不能一味责怪她。毕竟我也打落了她给我的吉事果，说了过分的话，可谓是大错特错。

我依然沉浸在不好的回忆里，亚世美打起精神来说道：

“贤生，跟我来。”

她说着起身走出医务室。

我略带犹豫地跟了上去，对工作人员说自己已经没事了，和亚世美一起走出接待处。

“我们去哪儿？”

“还记得有一次你怎么找也找不到我吗？”

“是啊，我白跑了一整天呢。”

“现在就带你去那个藏身地。”

没想到阳光乐园里居然还有那种地方。

几分钟后我们来到餐厅。亚世美带我绕到后门，确认四下无人后，推开了写着“内部人员专用”文字的大门。

“可以进去吗？”

“只要别鬼鬼祟祟，不会露馅的。”

我们穿过后院，走上阶梯，又经过一扇门，进入办公楼走廊。旁边有几间房间，门上分别挂着“更衣室”“茶水间”“安保室”“仓库”的牌子。理所当然，梦幻国度也有沉闷的幕后工作区。

亚世美在“值班室”门口掏出钥匙。

“你有钥匙？”

“刚才从接待处拿的。”

我丝毫没留意亚世美刚才顺手牵羊，却也懒得批评她，跟着她进了门。

铺着榻榻米的房间颇具生活气息，墙角摆放着叠好的被子。屋里书架、写字桌、电视、空调一应俱全，让我联想到小学的教师办公室。

“想一个人休息的时候我就会来这里。”

亚世美脱了鞋，坐在榻榻米上，我也照样学样。脚下的木地板传来熟悉的感觉。

“可以用手机刷剧、打游戏，这里算是我的私人空间吧，可惜房间里总有一股大叔的气味。”

“这里是保安的房间吧？万一人家回来怎么办？”

“他白天不会回来的，可以放心待到晚上。”

亚世美打开空调，一阵暖风吹到我的脸上。

“为什么带我来这里？”

“你没说错，这里是保安的房间，不过对我来说也像自己家一样。我可以在这里安心休息，没人找得到我。我不会随便让别人知道这个地方。”

也就是说她信任我了？可我依然高兴不起来，因为我需要的不是可以安心休息的地方。

亚世美没注意到我的焦虑，她摘掉围巾，脱去了外套。现在的她只穿着校服，露出了纤细的脖颈。

见她伸过手来，我问道：

“什么意思？”

“我们重归于好吧，记仇对彼此都没好处。”

她笑得很温柔。

对此我完全赞同，心中暗自埋怨她的橄榄枝来得太晚。不过，我还是决定接受她的好意。

在和亚世美握手前，我说出憋了很久的话——

“吵架前，你给我买了吉事果吧？”

“哦，好像是的。”

“我捡起来吃了，是咸口，挺好的。”

说完我握住了亚世美的手。她的手指纤细、光滑，冰冷得像来自另一个世界。

“怎么不早说？咱俩谁跟谁呀？”

“还不是因为你躲着我？”

“也对。”

亚世美俏皮地笑了。我居然一点都不生气，也笑了。

“我知道的就这么多。”

亚世美说完伸了个懒腰。

此时已过傍晚六点，如她所言，无人造访这间值班室。我们吹着空调，聊得很惬意。说这里是藏身地毫不夸张。

“刀枪不入、水火不侵，捆又捆不住，电也电不死。而且不可能从它们手上逃掉，遇到就是剧情杀（**注：指角色因剧情发展需要而被迫死亡、失败或退场**）。”

刚修复关系，我就向亚世美打听了玩偶的事。我本来指望她这个循环过几千次的人会掌握一些有用的信息，可惜一无所获。我早就知道玩偶不吃任何攻击。包括亚世美在内，历来的循环受害者也都没能在它们的追击下坚持到第二天早上。

“另外，只要过了晚上十点，就只有持有特别通行证的人可以活动。”

“知道，其他人会睡着。”

“没错，原来你试过了，了不起。”

她的夸奖也没能让我高兴起来。

亚世美告诉我，夜班保安过了晚上十点也会在这里睡觉，雷打不醒。看来找别人帮忙是没希望了。

讨论得越多，前景就越渺茫。原以为可以拨云见日，没料到躲在云后的却是万丈高崖。

“一点办法都没有？”

我躺倒在榻榻米上。

说实话，我很失望。好不容易才从亚世美那里了解到一些情况，结果却束手无策。或许是我的期望过高，此刻刚刚恢复的斗志又快被瓦解了。

“别这么丧气，还会给你带吉事果的。”

“这不是一根吉事果就能解决的问题。”

“那就来两根。”

“多少根都没用……”

也不知道她究竟是在担心我，还是想捉弄我。

我也不想一直垂头丧气，便坐了起来。这时，我看见了书架上的书，便走过去找线索。

在一排垂钓和摩托杂志的边上，有一本厚厚的《操作指南》。我随手拿起它翻了翻。

书的纸张已经泛黄，上面用柔和的字体印着“阳光乐园”，文字底下还有一只用翅膀挥手的卡通鹦鹉。

“那是鹦鹉奥古斯都。”亚世美从我身后探出脑袋，“不怎么可爱吧？在某次翻新的时候被去掉了。”

“哦？”

我快速翻阅着《操作指南》，发现里面夹着一本很劲爆的写真书。我赶紧合上书，把它塞回书架。

真是的，怎么夹在这种地方？

“我比她更劲爆……”

“别、别跟我汇报这种事！”

我感到一阵脸红，暴露自己的幼稚让我很难为情。

话说回来，她真的比那上面那人还要劲爆？

不行不行，不能再想了！

“给我严肃点！”

“人家可严肃了，是你自己心虚。”

“谁、谁心虚了？都怪你乱说……”

“我乱说什么了？”

亚世美一本正经地问我。她看上去不像在开玩笑，让我一时不知所措。

“不是，我的意思是……”

我刚想怪亚世美拿身材说事，却想起她完全没提过“身材”两个字。所以是我自己想歪了，乱发脾气？

“对不起，不该没来由地怪你。”

听到我的诚恳道歉，亚世美大笑起来。

“贤生真是太好骗了，我说什么都信。”

“你……”

脸又开始发烫，我知道自己被她耍得团团转。

“你真的……”

“抱歉抱歉，很久没像这样跟你聊天了，太兴奋。”

听她这么说我还怪不好意思的，气也消了。

我平复心情，重新盘腿而坐，亚世美坐在我的对面。

我总觉得还有没试过的办法，决定把它们找出来，一个一个地试验。

可就算这么做了，难道不也是白费工夫？

就连循环过几千次的亚世美都断言脱身只能靠杀人。从前的循环受害者也试了各种招数，最终都放弃了。我凭什么认为自己能成功？

不好，消极的念头又冒出来了。

“可恶，怎么办才好？”

“贤生，你需要散散心。”

“散心？”

“这儿可是游乐园，好玩的多着呢。”

我腻烦地说道：

“早玩够了，虽然比不过你，但好歹也循环了几十遍。”

“世上有很多人对通关几百遍的游戏乐此不疲，你还差得远呢。”

“你不是想把我早点赶出去吗？”

“在这件事上我会帮你。不过你既没本事靠自己出去，也不愿杀人，最不缺的就是时间，不如转移一下注意力。”

“这……”

亚世美的话也有道理，遇到困难，先调整心情也无可非议，弦绷得太紧只会起反作用。

“可我已经玩腻了……”

“包在我身上，”亚世美站了起来，笑容满面，“我会教你怎么在阳光乐园玩个痛快。”

和亚世美一起走出大门、开启下一轮循环后，我假装去医务室，和秀二他们分头行动，然后在主街旁的售货车前与亚世美会合。

“我们走吧。”

“去哪里？”

“跟我来就是了。”

我犹豫地跟在她后面，担心自己会被朋友们发现。亚世美告诉我她掌握了他们的行动规律，似乎是想让我放心。

“上回不是被他们逮到了吗？”

“上回我也没打算帮你。”

都过去了，就别翻旧账了吧。

没过多久，我们来到了“拉曼恰驱魔之旅”的门口排队。我没想到她只是带我来玩普通的游乐项目。

“贤生，你在这里最高得过多少分？”

“我们四个的总计最高纪录是二百八十分。”

“拉曼恰驱魔之旅”是一个用激光手枪射击全息投影鬼魂的游戏，过程中遭遇的敌人相当多，随便开几枪都能打中。一趟最多坐四个人，游客会在终点看到总分。

“满分是五百。”

“好高啊。”

“这也是工作人员告诉我的，我还从来没得过满分，毕竟一个人玩得再好也没用。不过两个人合作说不定有戏。”

“我尽量。”

老实说，我没多大兴致。我和秀二他们来过几十次了，已经熟练到能让周围人吃惊，还要怎么痛快？

忐忑中，轮到我们上车了。

和我们一起的是一对二十多岁的年轻情侣。

亚世美集中精神调整了呼吸，显得异常专注。就在这时，第一只鬼出现了。我刚想开枪，亚世美飞快地抢先一步，击倒了鬼。

随后，亚世美开始了惊人的表演。只见她一声不吭地将鬼魂逐一击倒，动作幅度极小，精准得像机器一般，让人联想到电影中的神枪手，旁边的情侣都看呆了。

“贤生，别愣着！”

“……明白！”

我也不甘示弱地扣动了扳机，虽然和亚世美相比，我只比新手略强一点，但好歹经验丰富，我强打精神一路射击。

我们在终点看到了自己的成绩。

“四百三十一分，还可以。”

“打中那么多，才四百三十一分？这游戏设计出来就不是让人拿满分的吧？”

“不是很值得挑战吗？”回到户外的亚世美笑得很灿烂，“贤生，你的枪法不错。”

“多谢夸奖。”

“能当个好警察。”

“我可不会乱射一通。”

接下来排的是“伯爵的咖啡小憩”，队伍里有不少一家老小，我们在末尾。

“知不知道旋转咖啡杯的方向盘并不会真正转？”

“转的是我们坐的杯子，方向盘被固定在杯子下方的地面上。”

“你怎么知道？”

“学校文化节上有人自制过旋转咖啡杯，而且坐的时候有些人也会注意到。”

“看来你不懂‘会装傻更讨人喜欢’的道理。”

“不好意思，我不会伪装。”

说着说着就轮到我们了。亚世美直奔蓝色的杯子，很明显不想被人抢先。我猜那只杯子有蹊跷，于是不敢掉以轻心。

伴随着开场提示音和欢快的乐曲，咖啡杯开始旋转，周围的景色也同时缓缓转动起来。亚世美若有所思地说道：

“一群男生坐上咖啡杯时就会转得特别快。”

“可以理解，我们会想试试最快有多快。”

“我觉得那样不好，旋转咖啡杯是一种优雅的游戏，要宁静地享受才好。”

“嗯？”

“所以我要拼命转！”

“怎么说一出是一出？”

亚世美手握方向盘，大吼大叫着转动咖啡杯。

“这只杯子最灵活，贤生也来帮忙！转到吐为止！”

“我不要！”

可我的手不听话，还是照做了。

咖啡杯越转越快，离心力也越来越强。就在我觉得它快到速度极限的时候，亚世美冲我坏笑道：

“贤生！你知道在旋转咖啡杯上怎么做才不会头晕吗？”

“什么意思？”

亚世美保持着平衡、小心翼翼地站起来，居然跳到了方向盘上！

“危险！”

“方向盘不是固定在地板上吗？这里才是最安全的！”

“胡闹！给我下来！”

“请游客不要站在上面！”

亚世美对我和工作人员的警告充耳不闻，悠然地做着芭蕾动作，让人不得不佩服她的优雅姿态。此刻，她仿佛随着旋律起舞的八音盒人偶。哪怕方向盘始终不动，咖啡杯却仍转个不停，要保持平衡谈何容易。

直到游戏结束，亚世美都没有从方向盘上下来，害得我们坐完咖啡杯后挨了工作人员好一顿训。

“说是以后禁止我坐咖啡杯。”

“废话，这是人家开恩，没把你撵出去。”

“我开心就好！”

亚世美兴奋地说道，看来毫不介意挨骂，亏我还好心提醒她。

片刻后，那句“我开心就好”在我心中激起一片涟漪。也许现在的我正需要那样的心态。

“不好意思，等我一下。”

亚世美好像想起了什么事，跑开了。

我以为亚世美要去洗手间，却见到她走出一段距离后在手机上熟练地按下一串数字，把它放到耳边。

这一幕似曾相识。和上次一样，打了不到一分钟的电话，亚世美便揣好手机走了回来。

“给谁打电话？”

“没跟你说过吗？这是我每天必做的事。”

我也有每天必做的事，比如提醒小男孩别弄破气球。

“有人需要你的电话？”

“这个嘛……”

亚世美犹豫了片刻，说道，

“还记得我是怎么进入循环的吗？”

“记得，是随机杀人吧？”

“嗯，要是没有我阻止，每次循环都会发生。”

我恍然大悟，责怪自己怎么没想到是亚世美一次又一次在阻止惨案的发生。除了持有特别通行证的人以外，循环中的其他人都会像播放录像一样重复这一天的活动，那个害死亚世美的凶手也不例外。无论亚世美循环多少次，随机杀人案都会发生。

“对不起，我现在才明白。”

“你为什么要道歉？”

“我不知道你肩上的担子这么重，以为你是个吊儿郎当的家伙……”

“讲不讲礼貌？不过吊儿郎当倒也没说错。”亚世美微微低头，“这也不算什么。一开始我的方案是自保或者叫警察，后来经过优化，只要打个电话就能防止这件事发生，比刷牙还省事。”

“那也很了不起了。你明知循环过后一切都要重来，就算做了好事也得不到奖赏和感谢，还每天坚持，真的不容易。”

亚世美惊讶地眨眨眼，嘟囔道：

“别这么夸我，怪不好意思的……”

她举起手，在脸边轻轻扇了扇，向前走去。我还以为她听了会高兴，没想到会是这种反应。

我追了上去，和她肩并肩。

“接下来玩什么？”

亚世美想了想，用手指着远处说：

“那个吧。”

她说的是阳光乐园的特色木制云霄飞车“佐伊海洋大冲浪”。支撑车轨的木头骨架仿佛一座巨型木楼，成为游乐园中吸睛的存在。顾名思义，项目设计以冲浪为主题，在轨道上下颠簸的车身造型模仿的也是冲浪板。乘客大喊出口的尖叫声隔着老远都能听到。

“我还没坐过那个。”

“贤生也会开玩笑？”

“不是开玩笑，来这里以后一直错过。中午开始下大雪，云霄飞车会停运。”

亚世美难以置信地说道：

“真的吗？从没想过试一试？”

“我受不了颠簸，云霄飞车是颠得最夸张的吧？”

亚世美抱起胳膊，难得认真地思考了一会儿。

“那就算了？”

“不，机会难得，我要坐一次。我已经适应了跳楼机，说不定也能受得了云霄飞车。”

“好勇敢！那么我也要加把劲了。”

“等等，什么叫加把劲？你要在车上干什么？胡来我可不坐啊！”

“看来你是真怕。”

亚世美苦笑道。

这时，口袋里的手机震动了起来。电话是秀二打来的。

手机变得异常沉重。朋友们应该还以为我身体不舒服、正在休息，打电话要么是出于担心，要么是因为我人不在医务室。无论如何，我都没有接听的勇气。

“是你朋友？”

亚世美过来看了一眼我的手机。

“嗯，不过没关系。”

等到铃声停止，我给秀二发了一条消息，说自己人不舒服，就先回去了，欠他们的人情以后一定会还。然后，我把手机调成了静音模式。我知道这样不好，但暂时放弃了思考，因为现在无论跟他们怎样相处，我都会很难过。

“形影不离确实很累。练子后来也有和你一样的烦恼，我能理解。”

“原来如此……”

为了不对朋友心生厌烦而选择与他们保持距离——练子想必也尝过这种滋味。想到这儿我很遗憾，遗憾不能分担她的痛苦。

我们开始排队坐云霄飞车。它本该是游乐园的人气项目，可是在阳光乐园却仿佛不怎么受欢迎，排队的人也不多。我对亚世美说出自己的困惑，她的解释很干脆——

“大概是太冷了吧？风又大。记得夏天排了好长的队。”

“你以前也来过阳光乐园？”

“嗯，十年前和妈妈来过。那次是夏天，云霄飞车刚刚翻新，大家都抢着坐。”

亚世美的确跟我说过，阳光乐园经历了若干次翻新。

“阳光乐园刚建成的时候规模很小，在翻新游乐设施的过程中越变越大。这里没变过的项目只有旋转木马。”

“你很了解嘛。”

“毕竟我待了这么久，我有信心拿到‘阳光乐园等级考试’的一级证书。”

哪会有那么奇怪的考试？我边想边抬头看云霄飞车。

木制飞车在充满热带风情的阳光乐园里很应景，只是难免显得陈旧。靠近就能听到车身与轨道摩擦发出的嘎吱声。

“真的翻新过吗？不会年久失修吧？”

亚世美瞪了我一眼，说道：

“胡说八道。这可是最新式的，用过去的技术是造不出木制云霄飞车的，因为要通过严格的审核。包含‘佐伊海洋大冲浪’在内，整个日本就只有四部。”

“这么厉害？”

我由衷佩服她关于阳光乐园的知识储备水平。

由于人少，再过几分钟就该轮到我们了。想到自己很快要上去，我手心就开始出汗。这不是我第一次坐云霄飞车，可我记得当年自己差点坐哭。不过那已经是十多年前的事了，希望我已经脱胎换骨。

“紧张了？”

“毫无压力。”

明知逞强也是白费工夫，可我毕竟是要面子的人。

排完队后，我们走进了入口。周围的游客正在一一上车。亚世美回头问我：

“你要坐前面还是后面？”

“后面吧。”

我当然不会承认，自己害怕坐前面。

我们两个一起坐在最后面的位子上，放下了面前的安全挡板。工作人员检查完毕后，耳边响起开车的提示音。与此同时，云霄飞车启动了。

“对了，云霄飞车后半部的坠落速度更快，要承受的重力也更强。”

“你怎么不早说？”

“抱歉啦。”

居然让我作茧自缚，可恶……

倾斜角度大概有四十五度，云霄飞车开始爬升。身下传来的震动仿佛宣告坠落即将到来的倒计时，令我心惊胆战。我死命握紧眼前的安全挡板。

亚世美不怀好意地冲我笑着说：

“要我抓着你的手吗？”

“少瞧不起人！”

我确实很紧张，但这毕竟只是云霄飞车，连低年级小学生都在坐。我才不会害怕！按理说，被玩偶满世界追着跑才更恐怖。

云霄飞车到达了轨道的顶点，前方的座位开始缓缓下降，我也体会到了令五脏六腑翻江倒海的重力。

在我的惨叫声中，亚世美哈哈大笑。

快速下降后又迎来急转弯和上下颠簸，我再也难以假装平静，只能拼命抓住挡板，硬着头皮挺过去。

不只是速度和重力叫人害怕，轨道几近断裂的震动与刺耳的摩擦声也为我带来另一种恐惧。在无限循环的一月七日，云霄飞车从未发生事故，可我依然担心它会突然出故障。

云霄飞车绕了一圈，回到起点。下车时，我晕头转向地说道：

“真是受够了……”

“你也太弱了，这里的云霄飞车不算难为人。”

“再也不坐了……”

我和亚世美回到户外。我一头栽倒在旁边的长椅上，感到轻微的头痛，胃里也像翻江倒海一般。连我自己都没想到，坐云霄飞车会如此折磨人。

就在我养精蓄锐的工夫，亚世美坐到我的身边。我突然感觉脸上冰凉凉的。

“给你水。”

“谢谢……”

我猛灌了半瓶水，感觉胃里舒服了不少，不过头脑依旧昏昏沉沉。

“没事吧？要不要靠在我腿上？”

亚世美笑眯眯地问。

一股无名火蹿了上来。

我感激她为我买水，也知道她是在关心我。可我也不想总是被她取笑。

我顾不得犹豫，把头枕在亚世美的腿上，想打她个措手不及。然而亚世美却面不改色地默许了我。真没想到，难为情的反倒是我。

真是自作自受。

换成平时，我不可能这么做。反常的理由兴许是被云霄飞车影响了判断，又或是精神上太过疲惫，要么就是……我在潜意识里对女孩子的膝枕有某种渴望？

绝对不会！我急忙否定了自己的猜测。

“感觉如何？”

“没想象中软。”

“是这样的。没在女朋友和妈妈身上体验过？”

“我既没女朋友也没妈妈。”

“哦……对不起，我不知道。”

亚世美内疚地说。

“没关系。先不提女朋友，至少母亲对我来说只是个符号。”

在我两岁时，妈妈便死于交通事故。我早已忘了其中的经过，所以每当亲戚提起关于妈妈的事，我都不知该作何反应。

“我没有爸爸，确切地说，是没有亲生爸爸。”亚世美淡淡地说，“父母早就离婚了，我连他长什么样都不记得。不过前不久妈妈再婚了，我也跟着改了姓。”

“哦，改成了‘小寺’？”

“没错，我以前姓‘药师寺’。我可以选择不改，却自以为是地想要配合他们……现在有点后悔了，我喜欢药师寺这个姓，挺少见的。”

我笑着说：

“确实，药师寺挺酷的，听着像个聪明人。”

“龙崎也很酷，叫人羡慕。”

我们开始了莫名其妙的互相吹捧。一个年轻男子路过时向我们投来看情侣打情骂俏的目光，我突然感觉不好意思，赶忙坐了起来。

“不继续了？”

“已、已经休息够了，再说这样也不好……又不是情侣。”

“突然变得这么冷静？再说了，谁规定不是情侣就不能这样？”

“倒也没有规定……”

“贤生，我们在经历时间循环，”亚世美坚定地说，“可以为所欲为。当然不可以随便伤害别人，但是也没必要在意他们的眼光。难得拿到了无限畅游卡，放飞一下吧。”

她说着猛地站了起来。

“你看，这一天还长着呢！”

亚世美牵起我的手朝前走。和上次握手不同，这回她的动作出乎我的意料，让我不免心跳加快。

这简直就像是……约会。

吃完午饭后，亚世美继续带着我逛阳光乐园。

实话实说，亚世美一路都不安分。除了站在咖啡杯方向盘上，她还在坐空中秋千的时候突然摘掉安全带、打算直接悬在天上，理由是让我“见识一下什么是真正的空中秋千”。和她在一起让我不仅提心吊胆，甚至常常觉得丢人。

可我不得不承认，亚世美的天马行空给了自己数不清的快乐。她那瞬息万变的表情、不分场合的玩笑、没轻没重的捉弄都充满了刺激，从不令我感到乏味，也为千篇一律的风景增添了色彩。

于是，我终于可以暂时从循环现象的恶果中抽身。

“真的没人吗？”

天黑了，夜间巡游即将开始。我们正在悄悄潜入餐厅楼上的员工区。和大方的亚世美相比，在她身后的我显得鬼鬼祟祟。

“你胆子真小啊，都说了没事的。万一碰到人，内心笃定一点就不会被看穿。”

可我还是忍不住紧张，只能小心翼翼地往前走。

亚世美站在女更衣室门口说：

“在这儿等一下，虽然没有别人，但是你进去总不太好。”

“我才没打算进去，你快点。”

亚世美答应一声，输入密码开门。

我边等边想，自己又不是工作人员，万一被人看见站在女更衣室门口，岂非百口莫辩？

大约过了三分钟，门开了。

“这么久？你到底在里面……”

后半句话被我生生吞了回去，因为走出更衣室的，是小狗佐伊的玩偶。

面对目瞪口呆的我，吉祥物摘下了自己的头套，露出熟悉的面孔说道：

“嘿嘿，吓到你了？”

“差点没背过气去。”

“你也穿上吧，还有一套不一样的。”

亚世美重新戴上头套，从屋里拽出小熊的玩偶。我感到莫名其妙，问她原因她又不肯说，便只好照办。

我脱掉外衣，将四肢伸进玩偶。因为穿着裤子，腿上感觉有点紧。确切地说，这件玩偶装对我来说太小了。让亚世美帮忙拉上背后的拉链，我才总算穿好。

“好，我们走吧。”

“去哪儿？”

“参加夜间巡游。”

我们离开餐厅，走向主街。屋外飘着雪，不过身上穿着玩偶装，一点都不冷。这衣服虽然不透气，却比任何外套都保暖。

花车灯光和热闹的音乐离我们越来越近，亚世美毫不犹豫地挤进了游客队伍。我虽然惊讶，却也有样学样。旁边的孩子们指着我们笑着说：

“是佐伊和祖祖！”

走到最前排的亚世美弯腰钻过绳子，若无其事地走进“禁止游客入内”的巡游通道。

真是乱来，虽说穿着吉祥物玩偶装，但她那面不改色擅闯的勇气还是让我佩服，也是我学不来的。不过，就这样站在人群里，难免引起别人的怀疑。

亚世美朝我伸出手来。虽然既看不到她的脸，也听不见她的声音，但我知道她是让我快点过去。

我犹豫再三，终于横下一条心，冲进了光河之中。

我走到亚世美身边后，她隔着玩偶装牵起了我的手，带我走近花车。无比欢乐的音乐声震耳欲聋，气氛异常热烈。我抓着亚世美的手。与她面对面，尽量配合她的动作和旋律摇头晃脑地表演起滑稽的舞步。

我想我们是在跳民族舞，哪怕在旁人看来拙劣得可笑。我们有好几次险些摔倒，彼此不是踩脚就是撞来撞去。不过，我们却如鱼得水，因为在夜间巡游里，阳光乐园的吉祥物就该蹦蹦跳跳扮可爱，为人们留下美好的回忆。

难为情的感觉很快烟消云散。幸运的是，周围没人怀疑我们的身份。孩子们露出灿烂的笑容，和我们同框出现在长辈的镜头中。我忘我地起舞，在热情的海洋里，与亚世美一同起舞。

夜间巡游结束后，我和亚世美逃到了空荡荡的游泳池。我们确认四下无人，脱下了玩偶装。

我长吐了一口气。

长时间闷在玩偶装里跳舞，让我汗流浃背，头发和针织衫也像刚从水里捞出来一样。原本令人瑟瑟发抖的空气此刻都变得沁人心脾。

“热死了，热死了……”

亚世美也脱掉了玩偶，脸颊泛红，刘海湿漉漉地粘在额头上，胸口有一大片汗渍。

她笑着问我：

“感觉如何？”

“爽！”

“哦？”

“太爽了！”

我对自己的反应感到惊讶，没想到那种体验如此畅快。兴奋劲儿还没过去，夜间巡游的喧嚣犹在耳畔。今晚的我心满意足。

“原来跳舞这么爽……那种感觉很难形容，像是本能的满足。在花灯的光线里，在众目睽睽之下舞蹈……真痛快！”

“要不别当警察了，走偶像路线？”

“那倒不至于。”

我想也没想就说道。

“你能喜欢就好，我还担心疯过头了呢。”

“亚世美……”

面对我的视线，亚世美略显疑惑。我郑重其事地说：

“请你带我好好体验阳光乐园！”

这一瞬间，亚世美的笑容比“今天”的任何时候都更加灿烂。

“包在我身上。”

第五章

转捩点

“你戴着很好看！”

营业员姐姐脸上挂着面对顾客的微笑。

这是第六十三次了。

如今我已经习惯计算循环的次数。

“谢谢。”

我戴着发箍离开售货车。

此刻是上午十点零八分，那家伙暂时还不会来。我走向主街，打算去吃早饭。

今天是冬假的最后一天，游乐园刚开门就进了不少人。其中有和家人结伴的，有学生，也有情侣。除了我以外，没人是单独来的。

我不是个独来独往的人，甚至比一般人更爱交朋友。一个人来游乐园的理由不过是一时兴起罢了。

仅此而已。

我边想着心事边走到可丽饼摊位，点了一份芝士火腿馅的。在进入循环现象之前我从来不吃这种零食，不过它的味道确实不错，给人带来一丝暖意，咸咸的火腿也让我精神抖擞。

我吃着可丽饼，漫无目的地闲逛。然后，我看见了坐在长椅上的那两个姐姐。她们是大学生，结伴来游乐园玩。其中黄头发的那个名叫京，右手上也有和我一样的蓝色腕带。

也就是说，京姐姐和我一样死在坏人手中，进入了循环。

我本想上前打招呼，又打消了念头。

面对一脸痛苦的京姐姐，她的朋友不明所以地安慰着她，时不时地摸摸她的脑袋，拍拍她的后背。

京姐姐最近情绪很不稳定，已经受不了这无限循环的折磨。一开始她表现得像个可靠的大姐姐，此刻却让人不敢亲近。

也许这才是正常人的反应，正常人早晚会被逼疯。

“不容易啊。”

我自言自语，同时不动声色地从一旁经过。

吃着可丽饼散了一会儿步，看时间差不多了，我便走进了餐厅后面的内部人员专用门，来到二楼。我大大方方地与擦肩而过的人寒暄，以免引起他们的怀疑。

我在上次循环中偷看到女更衣室的密码是7734，也知道这个时间里面没人。更衣室里有几套吉祥物玩偶装，从下午三点开始工作人员会一直穿着它们直到游乐园关门。我费了好大工夫才掌握到这个信息。

我脱掉外衣和袜子，勉强把四肢塞进了玩偶装里。虽然紧了点，但这也是以防万一。不过我发现没人帮忙的话，背后的拉链没办法完全拉上来，只好由它去。

接下来我穿上绿色的鞋，戴上圆嘟嘟的、手指长长的大手套，再戴好头套——彻底化身青蛙比普。

我只带了袜子和钱包，进了走廊尽头的员工休息室。这间房间也没人，只有几张桌子和角落里的自动售货机。

因为需要易拉罐，我就随便买了四罐咖啡，随后把它们装进袜子，扎紧了口。

现在我有了一件制作简单又能轻易销毁的好用凶器。

作案的准备工作已经完成。

我穿着玩偶装走向游乐园正门，没有隐藏手上的作案工具。谁会怀疑吉祥物持钝器伤人呢？

来到目的地后，我尽量不引起工作人员注意，向外张望。

不一会儿，我要等的那个中等身材、鬼鬼祟祟的人出现了。

我早已掌握他的行动规律。他会在阳光乐园里晃悠一段时间，到中午十二点十四分就会开始随机杀人。我必须阻止他，而且这一次还要掌握更多的信息。我盼着他能去一个没人的地方，不过游乐园里这样的地方可不多。

无奈之下，我决定在大门口动手。

我做了个深呼吸，安慰自己已经演练过多次的计划准会成功。

男人注意到我在靠近，回头看我。我假装好奇他为何如此紧张，像一般的吉祥物那样夸张地将脑袋歪到一旁。

“别过来！”

他恶狠狠地说道，随即转过身去。

机不可失，我挥起手上的作案工具，把它狠狠砸到男人的太阳穴上。

对方像木偶一样倒了下去。

事情进展得太过顺利，他没有死掉吧？

虽然这个人是即将成为杀人凶手的人，但我也不能就这样要了他的性命吧。我蹲下观察，正好听见他发出一阵呻吟。还好，他还活着。

现在必须抓紧时间。

我摘掉手套，首先掀开男人的衬衫，抽掉插在皮带上的菜刀。无论如何，这玩意都不能给他留下。接下来我在他的裤兜里搜了搜，果然在右边找到了手机。

不过，他设置了指纹解锁，这下可麻烦了！

我用他的食指按到屏幕上，手机发出一阵震动，解锁失败。

“你在干什么？”

不远处的一个成年人问道。

早晚会被发现的，但我现在没时间去搭理他们，必须打开他的手机。

“你刚才是不是打了他？”

那又怎么样？要是没有我阻止，他就会拿菜刀捅人，所以我问心无愧。

可真的是这样吗？

如果我不出手，这个人毫无疑问会在几分钟后杀人，但这只是一种推测，甚至不能说他杀人未遂。我有权利把他打倒在地吗？

来不及想了。

我又一次把他的食指按在屏幕上，成功解锁！

“听到我的话了吗？再不回答我就叫人了！来人啊，这个穿着玩偶装的家伙不太对劲！”

情况不妙。

怎么办？带着手机走？不行，我现在跑不快，必须当场完成任务。我赶忙在手机里找他的名字，点开聊天应用的头像，发现他叫茑元纯。

我在心中记下这几个字，又开始找电话号码。

“你在干什么？”

一个男人从身后抓住了我的胳膊。

只差一点了，别妨碍我！

我甩开了他，一个劲地操作手机。可我对苹果手机以外的手机一窍不通。

我姑且点开电话图标，希望通讯录里有他自己的号码。幸好里面的人不多，电话被我找到了，是080……

“给我住手！”

我的胳膊又被人抓住了，身边的人越来越多。三个成年人扑了上来，手机掉在地上，我动弹不得。

不过我记住了那串号码，大功告成！接下来只要重启循环就好。

在我的拼命挣扎下，背后的拉链松了，正好给我“金蝉脱壳”的机会。

我飞奔到门口，凌空跃过了闸口。

“你戴着很好看！”

营业员笑得很用心。

新的循环开始了，我急忙把男人的名字和电话号码输入手机，免得忘记。

“呼……”

虽然很累，但我还是在心中为自己庆功。后面的事就轻松多了。

我先在餐厅享用了一顿早饭，然后坐在外面的长椅上。时间来到上午十一点正，距离随机杀人案发生还有一个小时。我拨打了那个号码。

耳边传来呼叫声，我在心中祈祷对方接电话。

“喂？”

我记得这个声音，接电话的人正是茑元。我压抑着兴奋与紧张的心情，冷冷地说道：

“你是茑元纯？”

“你是谁？”

我深吸一口气，果断地说：

“如果你打算伤害别人，我会立刻报警。菜刀可帮不了你。”

听筒中传来茑元慌张的声音——

“你是怎么……”

“我已经警告过你了，再见。”

说完我挂断了电话。他马上打了回来，让我后悔自己没有开启隐藏号码的功能。下回要注意了。随后我就把他的号码加入了黑名单。

计划完成。

接下来要做的只是检验结果。我在餐厅买了一大把小食，到大门口守候。假如他不来，我就成功了，要是来了只能另想办法。

我等了一个多小时，一直到案件发生的时间茑元都没来。

不过，我没有着急庆祝，毕竟还不能排除他换个时间来的可能性。所以我打算今天一直等到关门，虽然挺折磨人的，但也只此一回。

接下来的几个小时，我像垂钓者一样安静地守候。

茑元直到游乐园关门都没现身。

中间我也看了几次手机，没刷到热搜话题榜中出现其他地方的随机杀人案。这意味着，我真的成功了。

“太好了！”

我兴奋得跳了起来，还嫌不够，一把抱住了身边的豚鼠科贝。后者似乎吃了一惊，不过最终还了我一个拥抱，不愧是专业演员。

对了，应该通知京姐姐。她和我一样，也是这场恶性案件的受害者，要是她知道以后可以轻松防范，准会开心的。

今天太晚了，等下一轮吧。于是我赶紧撤退。

“你戴着很好看！”

我离开售货车，径直去找京姐姐。她的循环起点在餐厅附近。她通常会和朋友一起，不过今天独自坐在长椅上。这倒是个好机会。

“京姐姐！”

听见我的呼唤，京姐姐无精打采地抬起头来。我在她面前摊开双手说道：

“你肯定想不到，我查了那个杀人犯的身份，弄到了他的名字和电话号码。以后只要打个电话就能阻止他杀人了，是不是很棒？”

我越说越响，语速也变快了。好希望京姐姐听了也会高兴。

也不知道是不是来不及反应，她看上去一脸茫然。

“当然，我已经在前一次循环里验证过了。在大门口等了一天，都没看到他来。”

京姐姐还是一声不吭，朝我露出不可思议的表情。

我做错事了吗？

“我看了新闻，别的地方也没有发生随机杀人案。当然，今天以后的事情没办法知道了……”

京姐姐终于开口了，却先重重叹了口气。

“无所谓了。”

她的反应大大出乎我的意料。

“无、无所谓？也不能……这么说吧？”

我像泄了气的皮球一般不知所措。

京姐姐丧气地抱着头，手指几乎要抠破头皮。

“枫……”

“什么？”

“她背叛了我！”

枫好像是和京姐姐一起来游乐园的朋友。

“她和我的男朋友偷情，亏我还把她当作好姐妹！”

我再度感到震惊。

她们看上去那么要好……不过经历了多次循环，出轨这种事的确是纸包不住火。

“我跟个傻瓜一样，把她当作是朋友……我真该死！不对，该死的人是她……”

必须安慰京姐姐，我可不想看着她变成下一个杀人犯。

我坐在姐姐身边，拍了拍她的肩膀说：

“真是太倒霉了，碰上这种事就该疯玩一场！难得来了游乐园，再说我们有的是时间！”

眼见京姐姐脸色依旧难看，我更积极地开导她。

“要不我们一起去狂吃可丽饼吧，反正卡路里也不会积累到下一个循环。等填饱肚子，再去坐摩天轮慢慢……”

“你……”

京姐姐冷冷地打断了我，面无表情。看到她那副样子，我觉得头皮发麻。

“你居然能这么平静？”

“我……”

“你理解我们的处境吗？我们已经重复这一天好几十次了！天知道还会不会有明天！也许我们永远都走不出去，一到晚上还会被一群空心玩偶追！你不觉得这不正常吗？现在还有精力管什么杀人犯？这世上每天有多少命案发生，你知道吗？我们所处的状况比命案要糟糕一百倍！可你居然还在说什么可丽饼！你白痴啊？这是我们该考虑的吗？整天像个没事人似的，根本不体谅别人的心情，就知道胡闹……”

她的目光像子弹一样射穿了我。

“你为什么能这么若无其事？”

刚才的那个我，此刻已经死了。我仿佛灵魂出窍，远远看着自己的尸体被蚁群般的自我厌恶吞噬殆尽。

“对不起……”我微笑道，“是我脑子不正常。”

*

自从听亚世美的话开始“散心”，感觉大约过了一个月。

我们把能想到的玩法都试了一遍——在空中秋千上表演马戏，在海盗船上模仿《泰坦尼克号》的男女主角。我们甚至还假扮工作人员，刚开始只能坚持一小时不被识破，后来渐渐能做到以假乱真。

参与战队秀也很有意思。当演出进行到终盘，我和亚世美便会变身闯入舞台，上演一场打戏。我们虽然赢得了小朋友的掌声，但让正规演员不知所措。

我和亚世美在无限循环的美梦中翩翩起舞，享受了一段异常充实的时光。

当然，我并未放弃走出今天的打算，也不相信自己会永远被困在循环之中。无论通过何种方式，我终究要告别阳光乐园。可是既然那天迟早会来，又何必急于一时呢？

毕竟我们有的是时间……

“好冷啊……”

亚世美搓着双手，用围巾遮住脸。

游乐园半小时前就关门了。我站着和亚世美聊了很久，四肢发冷，她的鼻子跟耳朵也冻红了。

这里是游乐园边上的小店，门口有屋檐可以挡雪。要是能进去就好了，可惜门上了锁。

“还是算了吧？”

亚世美说道。

“都等到现在了，我还盼着开卡丁车跟吉祥物躲猫猫呢。”

本来就是亚世美的提议。当然，这只是一场游戏，并不会帮我们逃离魔掌。

“好玩是好玩，不过工作人员还要等一个小时才会走光。要在这种地方等那么久，会感冒的……”

亚世美站在风中瑟瑟发抖，嘴里哼哼唧唧，不知为何向我投来怨恨的目光。

“你就不怕冷吗？连手套和围巾都没戴。”

“我的正常体温比一般人高。”

“真的？那不是可以假装发烧请假？”

“我才不会，从小学起就没缺席过上课。”

“身体好就是让人羡慕，好想跟你换换。”

“体温高也不是没有坏处，夏天容易出汗，要把空调温度开得很低，很费电。”

“那也比怕冷强啊。”亚世美低头呼出一口白气，“我不喜欢挨冻，心情会变差。”

她半闭双目，眼中无神，与平时胸有成竹的模样判若两人。可我不禁觉得，这种虚弱中带着哀伤的表情为她平添了几分魅力。

我一时忘记移开视线，竟撞上了亚世美的目光，急忙看向一旁。可惜晚了一步，她一定知道我在偷看她。

“贤生，你站着别动。”

“哦……”

我老实照做，心中忐忑，不知她要对我做什么。

忽然间，亚世美将冰冷的手指搭在了我的脖子上。

“哎哟！”她大笑一声，收回了手，“这么大惊小怪？”

“别捉弄人……冷不防被摸一下，换谁都会有这反应。”

“抱歉啦。不过你的身体真暖，就像热咖啡一样。”

我摸了摸自己的脖子。

亚世美的指尖冰冷如霜，让我清楚地记得刚才被她碰过的地方。也许她没有夸张，对怕冷的她来说我的确烫得像一罐热咖啡。

“想摸就摸吧。”

“啊？”

“你不是手冷吗？能暖起来的话，我不介意。”

“难道你想让我摸？贤生啊，没想到你是这么放肆的……”

“不要就算了。”

“开玩笑啦，那我就不客气了。”

亚世美再次把手放在我的脖子上，改用手掌盖住了我的皮肤。我虽然觉得冷，但并不难受。

“左手可以一起吗？”

“嗯。”

她的另一只手也碰到了我的脖颈。此刻，我看起来就像是被她从背后掐住了脖子。场面虽可怖，亚世美却不怕丢人，而是满意地说：

“真暖和，我都能感觉到你的脉搏！”

“不用转播。”

“把这里切断，你会死吗？”

“别说这种吓人的话……”

从亚世美手上传来的冰冷感觉顺着血流到达头顶，让我像被风吹过一般冷静下来。这感觉很难形容，但也不坏。体温差渐渐被拉平，我的脖子上也有了一丝暖意。

“你还真是不设防啊。”亚世美轻轻挠了挠我的喉咙，“不怕把弱点暴露给我？万一我不老实呢？”

“只要别太过分就行。”

“哦？”

亚世美似乎吃了一惊。

“被你不轻不重地捉弄一番，我就不用老绷着一根弦了。换作以前，我会怪你不分场合，但是现在，你那副轻飘飘的样子反而帮到了我。”

亚世美没有说话，我也看不到她的表情。

我刚想回头，她突然用力掐紧了我的脖子，逼得我闷哼一声。

“太大意了，我要是刺客，你早就没命了。”

亚世美说着松开了手。

我咳嗽了好几声，心想她下手真狠。

亚世美走到我面前，笑得不怀好意。

“贤生太天真了，所以才这么容易上当，不过……”她扭过头去，难为情地挠了挠脸，“听了你刚才的话，我很开心……谢谢你。”

我拼命咳嗽，趴在了地上。

“你没事吧？是不是我掐得太重了？”

亚世美关切地弯腰看我。

我没有放过这个机会，抓了一把雪扔在她脸上。

“啊！”

“大意了吧？别以为我好欺负！”

亚世美抹了一把脸，啐了两口雪说：

“你敢暗算我！”

亚世美也搓了个雪团扔过来，雪积得不厚，夹着沙子。我可不想被那玩意儿砸到，便拼命躲开，然后跑出一段距离，从厚雪堆里抓雪。亚世美抓住机会拼命发动攻击，害得我背上中了好几弹。

我转身反击，第一下投偏了，第二下正中她的脸。我不是故意的。

“不好意思……”

“让你盯着我的脸打！”

亚世美也一个劲地朝我扔雪球。

我们一边打雪仗，一边朝雪多的地方跑。

老实说，我也玩疯了。毕竟平时很少有机会打雪仗。亚世美恐怕也差不多，虽然刚开始很生气，但打着打着也享受了起来。我一直觉得她有运动天赋，果不其然，她的雪球命中率奇高。我也不甘示弱。

我们在激战中开怀大笑。

亚世美不知几时甩掉了围巾，头发已经被汗水和雪水打湿。我也脱掉了外套，卷起袖子。

寒冷被我们抛到了九霄云外。

“四百九十二！只差八分！”

亚世美望着成绩不甘心地说道。

我们刚玩完“拉曼恰驱魔之旅”。我的瞄准精度虽然比不过亚世美，但还是大有进步。可惜我们依旧没能拿到满分。

“就差一点了。”

“还是没那么容易啊，所以才好玩嘛。”

外面飘起了雪花，我们打算去餐厅休息顺便吃点东西。走着走着，一个年轻女人叫住了亚世美。

她染着一头黄发，身旁还有一个女孩。

“能帮我们拍张照片吗？”

她说着把手机递给亚世美。

“没问题。”

亚世美点了点头，接过手机，等两人站到旋转木马前摆好姿势、按下快门。

“拍得真好看，谢谢！”

“请别客气。”

两人笑着与亚世美道别，肩并肩欣赏手机上的照片。

“真是一对好朋友。”

循环了这么多次，我大体记住了游客们的脸。那两个女生总是挽着胳膊一起走，令我印象深刻。

“其实也没有啦。”

亚世美不以为然地说，把我吓了一跳。

她很快意识到自己多嘴了，难得地露出狼狈的表情。

“对不起，别在意。”

“和她们打过交道？”

“怎么说呢……”亚世美吞吞吐吐，“她们两个都和我一起循环过。黄头发的那个是京姐姐，是最早跟我一起循环的人。她旁边的小枫是第二个。”

“真的吗？而且是接连……”

我感觉很意外，不只是因为她们两个都曾经是循环的受害者，更是因为她们是先后成为受害者。陷入循环，是因为被特别通行证持有者杀死，也就是说……

“我们进去说吧。”

亚世美继续朝前走。我强压住好奇心，默默跟在后面。

下午三点的餐厅空空荡荡。秀二他们早就吃完了午饭，我们不可能遇到他们。我点了一杯热咖啡，亚世美点的是拿铁和肉酱面。然后，我们挑了个靠中间的位置落座。

“胃口真好，你不是吃过午饭了吗？”

“无所谓，吃再多也不会胖。”亚世美用叉子卷起一团意面，“继续刚才的话题。阳光乐园第一次发生杀人案的时候，受害者就是我和京姐姐。”

关于过去的循环受害者，我只从她那里听到过零星的信息。我想了解的是他们为走出游乐园做过的尝试，而不是他们的名字和性格。

亚世美嚼着面条说：

“一开始我们两眼一抹黑，只能摸着石头过河。后来发生了一些事，京姐姐就对小枫动手了。”

“你省略得太多了。”

“没必要详细解释，不过是小枫和京姐姐的男朋友偷情，京姐姐知道以后就受不了了，直到两人当面对质……不过那件事也让我们知道了脱身的方法。”

的确，这种故事我也不想多听。

两个女生看起来很要好，京姐姐也像是个性格温和的人。她最后居然会成为杀人犯……比起两人间的恩怨，循环现象更让我心生厌恶。

“虽说了解了规则，但是这种以杀人为条件的脱身方法还真是不怀好意。”

“与其说是脱身，不如说更像是驱逐。”

我只是随口感叹一句，没想到亚世美却给了一个耐人寻味的回答。

“什么意思？”

“也没那么复杂……”亚世美说着晃了晃右手上的蓝色腕带，“我告诉过你，特别通行证更像是一种赔礼道歉的方式。那么在什么情况下我们会不再拥有它呢？我觉得是当我们犯下不可饶恕的错误的时候，比如杀人。”

“你是说……”

我听得似懂非懂。

“我想说的是，阳光乐园之神是因为可怜我们被杀害，才给了我们特别通行证，让我们无限畅玩。可假如我们又把别人给杀了，岂不同样破坏了规矩、会被剥夺资格？”

“感谢解释。”

听起来怪力乱神，逻辑倒是说得通。

如果真的存在阳光乐园之神，那么在这位神明的眼中，循环只是一种善意的恩赐，杀人就成了会导致资格丧失的恶行。我对这位神明的道德观不置可否。

既然想不通就不去想了，于是我伸手拿起了咖啡杯。

就在这一刻，餐厅的喧嚣忽然从我耳际消失。

当然，声音本身仍然存在，只是我突然感觉不到了。因为我有了一个灵感——一个或许能将我们带出阳光乐园的灵感。

只不过，那是一条九死一生的出路。

“贤生……”我被亚世美的呼唤拉回现实的喧嚣中。

她好奇地问我：“你怎么了？”

“没什么。”

我犹豫着要不要说出自己的想法，那一定是亚世美连想都没想过的方案。可就算说出来，我也没信心付诸实施——除了不确定在技术上是否可行以外，更重要的理由是我下不定决心。

咖啡在我口中索然无味，方才的灵感已经蚕食了我的思绪。和亚世美聊天时我也变得心不在焉。

面对不干不脆的我，吃完意面的亚世美摸了摸肚子，瞥了我一眼。

“你好像没精神？”

“那倒不是，只不过……”

要是我说出刚才想到的脱困方法，她会作何感想？是不是会反对，或者告诉我她早试过了？无论结果如何，气氛一定相当尴尬。

见我欲言又止，亚世美用力伸了个懒腰说道：

“吃饱了，去躺一会儿吧。”

说真的，我也没了玩下去的兴致，亚世美的提议正中下怀。可我又觉得过意不去，毕竟让她迁就了自己。

“对不起……”

“是我想休息而已，你道什么歉啊？”亚世美站起来，“我们走吧。”

归还餐具后，我们离开餐厅，去了大门口的接待处。亚世美进去了一会儿，出来时用手指晃荡着值班室的钥匙。

“让你久等了。”

“你每次都偷得好轻松。”

“熟能生巧。”

我们回到餐厅，从后门来到二楼的员工区，悄悄穿过走廊，进了值班室。

亚世美打开暖气，随手甩掉围巾和外套。我无奈地把它们叠好，放到屋子的角落里。

亚世美坐在榻榻米上摆弄起手机。

“想看什么电影？”

“我们一起看吗？”我坐在她身边，瞧了一眼屏幕，“随便，你想看什么？”

“《忌日快乐》怎么样？讲一个女大学生重复同一天的故事。”

“换别的吧。”

“那就看《棕榈泉》吧。”

“讲什么的？”

“男女主角重复着同一天，还有个大叔偶尔出场。”

“不想看循环类。”

“真挑剔……”

亚世美说着把它滑了过去。最后，我们挑了一部两人都没看过的电影。可惜没有转接线，不能把手机投屏到电视上。

亚世美铺好被褥，躺了下去，把纸巾盒放在枕边，用它撑住手机。

“你躺着看，不怕睡着？而且刚吃过东西。”

“没关系，来阳光乐园以后我就没犯困过。”

“不会是真的吧？”

“真的。你也快点过来。”

亚世美拍着身边的榻榻米，示意我也躺下。

“这不太好吧？”

“你都把头枕在我腿上了，还难为情什么？”

她的话倒也有理。

我小心翼翼地在亚世美身边躺下。我们的肩膀几乎挨在一起，我的心扑通扑通地跳。

亚世美选的是一部半个多世纪前拍摄的黑白爱情片。这部片子，并不无聊。

在看电影的过程中，我依旧在琢磨前面的“灵感”。

早晚都要跟她说的，可那种方法非但没有成功的把握，甚至可能让我们的处境变得更糟。要在看完电影后告诉她吗，或者索性将来再议？我想了半天也打不定主意。

愁着愁着，电影放完了。

身旁的亚世美趴在榻榻米上，侧着头睡着了。她看了会儿电影就开始打盹，等片子放到一半便彻底进入梦乡。

我刚想给亚世美盖上被子，她就翻了个身、仰面朝天，一只手搭在我的手上。

像上回握手时一样，亚世美的手是冰冷的。我不忍心不管，就轻轻握住了她的手。她的手比我的小一圈，正好可以裹在我的手心里。亚世美指甲光滑得好似棉花糖，手指又细又长。

我意外发现她的中指上有握笔形成的老茧。或许她只是在我面前不正经，骨子里是个学霸？就在这时，抬起头的我正好与她四目相对。

我惊呆了，亚世美却微笑道：

“你的手不老实。”

我赶忙抽回手。

“你怎么装睡？”

“不是说过了？我不会犯困的。”

难道从头到尾我都被她骗了？

“你耍我？”

“别把话说得这么难听，趁人家睡着偷偷摸手，还有理了？”

“不是，我只是……对不起。”

道歉是因为我的确不该擅自碰她。明明刚才还在生气，这会儿我感觉自己的脑袋都快炸了。

“逗你玩呢。”亚世美还躺在那里，朝我伸手，“抓着吧，帮我暖暖。”

我总觉得亚世美在打什么鬼主意，但又不好拒绝，只能小心翼翼捏住了她的手。也许是因为刚才被我碰过，此刻，她的手不再那么冰凉了。我一直用手心贴住她的皮肤，让温度传递得更快。

亚世美的手动了起来，原以为她也想攥住我的手，没想到她却开始挠我的手心。

我闷哼了一声，抽回了手。亚世美心满意足地笑了。

“你干什么？吓我一跳！”

“亲密接触一下而已，凭咱俩这关系，有什么好大惊小怪的？”

“我跟你什么关系？”

“这个嘛……”

亚世美坐了起来，微微侧头、含情脉脉地望着我。明知她是故意的，我还是忍不住动心。

“你想跟我有什么关系？”

亚世美撒娇道。

我的心脏猛跳了一下。

她一定是在捉弄我，拿我的反应寻开心。可我就像一台死机的电脑一样动弹不得。

我希望和亚世美成为什么关系呢？

亚世美是个很吸引人的女孩子。她那爱恶作剧和轻佻的性格一开始令我反感，如今在我眼中却成了优点。成为她的恋人？我觉得自己不配。毫无疑问，我想要维系和她的友情，又不仅仅满足于此。

“不要这么紧张，我没别的意思。”

亚世美苦笑道。

我本可以当作无事发生，但是这一刻我决定认真对待。

“我……”

我一时语塞，犹豫良久，最终坦白了自己的心情。

“不管是什么关系，我都想和你在一起。”

亚世美用力眨了眨眼。

“这有什么难的，待在我身边不就好了？”她笑着说，“我又不去别的地方，只要你留在阳光乐园，我就会陪着你、教你各种各样好玩的事、提供膝枕服务。”

“只要留在阳光乐园……”我重复了一遍，“和你一起玩真的非常开心，有你在，我才不至于绝望，我也从来没有觉得游乐园这么好玩过。可是，我不能永远留在这里。”

亚世美的笑容消失了，取而代之的是伤心的表情。

我和她之间存在难以逾越的鸿沟——我要竭尽全力走出阳光乐园，亚世美却想留在这里。无论我们如何推心置腹，在这一点上都说服不了彼此。

不过，接下来或许会有转机。

“就算离开阳光乐园，我也想和你在一起。我们可以在睡前打电话，有时间一起去吃饭……我想和你结伴生活在正常的时间里。”

“不可能。”亚世美回答得斩钉截铁，“对不起，任凭你怎么说，我都不会出去的。”

“可你总有一天会厌倦，会想要离开阳光乐园。”

“不会。”

“会的。”

“说不会就不会！”亚世美怒吼，“你根本对我一无所知，别自以为是了！”

我心中一痛。

我怎么就对她一无所知呢？我知道她怕冷，最爱吃草莓味的吉事果，还知道她脖子上有颗痣。不过这一切都只是亚世美的表面，而不是内在。

“那就请你告诉我。”

我真诚地开了口，亚世美的肩膀微微颤动了一下。

“告诉我你为什么不想出去？我知道你喜欢阳光乐园，可这不应该是唯一的理由。究竟是什么把你困在了这里？告诉我吧！我想了解你、理解你，求你了！”

亚世美没有说话，像个挨批评的孩子似的低头咬紧嘴唇。

我有的是时间，便一动不动地耐心等待。也不知过了多久，亚世美终于缓缓抬头说：

“说来话长。”

“我愿意听。”

我点了点头。

*

“亚世美真聪明！”

从小到大，无论朋友、老师还是亲戚都会因为不同的理由说我“聪明”——我在学校“成绩好”，在打工的地方“学得快”，在亲戚聚会上“懂事”。

不管身处何种状况，我都能满足周围人的期待。这对我来说一点都不难，是寻常的“生活意义”……或许这么说有点夸张，可是我觉得每个人都希望得到认可和夸奖。大家只是嘴上不说，其实心里都想变得人见人爱。哪怕做不到，至少也不想被身边人讨厌，对吧？

好在我不仅情商高，学习成绩也从小学起就名列前茅。每年都有好几个男生跟我表白。虽难免遭人嫉妒，但我依旧是班上的“万人迷”。

上了高中以后，这一点也没有改变。

除了刚入学的一小段时间以外。

我的高中是一所重点学校，时不时有人考进东京大学、京都大学之类的名校。作业铺天盖地，课程表也排得满满当当。当然，身边的同学也都不是吃素的。入学后，我胸有成竹地参加了摸底考，却得了个班级倒数第二。于是，不甘人后的我开始拼命学习。

排名上来以后，老师夸我努力，同学们崇拜我长得好看、成绩又好，这可把我高兴坏了。只要用功就能得高分，像不像打怪升级的游戏？这让我乐在其中。

可是光学习也难免觉得乏味，毕竟我还只是个高中生。

成绩稳定下来以后，我就开始打工，用工资买衣服、做美容，打扮自己。我喜欢看到自己越来越可爱，也想把这份可爱展示给更多人，于是就当了自拍博主。眼看粉丝、点赞数长得飞快，我也越来越认可自己。

不久之后我接到了商单，这让我很开心，所以我来者不拒。有了五万粉以后，我还被杂志写进了“高中生网红美少女特辑”。

大家都夸我了不起，我也自鸣得意。

那时的我有种乘风破浪的感觉，认为自己无所不能。

当然，也会有一些不如意的事情，比如经常有人说我靠长相博取周围的宠爱。

无论我怎么用功读书，有些人还是会觉得老师对我偏心。看到我被领班夸奖，有的人就会说那个领班在打我的主意。网上也有人说我只是投胎投得好，等等。总之，我经常觉得自己的付出没有被人看到。

不过我也知道自己长相不差，于是就把那些声音当成出名的代价。我会对讽刺一笑置之，主动去跟那些讨厌自己的人搞好关系。

反正，我想当一个完美无缺的高中生。哪怕付出没有被看到，只要大家都喜欢我，我就满足了。

可是高二那年的一天早上，我突然起不来了。

不是因为想睡懒觉，只是心情特别糟，不想起床。过去的丢人经历和别人的恶言相向在我脑海里挥之不去，让我几乎要被后悔和失落压垮。我掀开被子就会憋闷得胸痛，甚至窒息。连我自己都觉得莫名其妙。

可我还是不想让家人担心，哪怕迟到也要去上学。

妈妈正好在一个月前再婚了，家里迎来了新爸爸。姓“小寺”的新爸爸是个很好的人，脸上总是挂着笑，又不会因对我太过见外而让我尴尬，唯一让我不满的地方只有姓氏。

正因为这样，即使心理出了问题我也不愿请假。那和感冒不一样，会让妈妈觉得是她的再婚害我变成这样。那是妈妈的性格使然。当然，我也不敢说自己的问题和她的再婚完全无关。

那段时间我无法集中精神，做什么都不成——在课堂上答非所问、打工的时候摔碎盘子、写错商单的关键信息。即便如此，我依然每天拼命假装自己没事。考试成绩一路下滑，我犯错时的赔笑却越来越熟练。

这种状态一直持续到夏天。

一到七月，我的精神立刻恢复，甚至比没出问题之前还好。我能一口气学到深夜，打工多久都不觉得累，全身散发自信，感觉活着真是太好了！老师和家人看到我期末考得了年级第一，对我的反差有点纳闷，但还是个个为我高兴。

我庆幸自己恢复过来，以为之前只是太累了，松了口气。

可好景不长，大概两星期后，我又开始生不如死。

早上起不来、不想上班、看到网上有人吵架心里像被刀割一样……世界上的一切都仿佛成了伤害我的武器。我甚至怀疑前阵子的好状态只是一场梦，因为我无论做什么都心情压抑，感觉自己不配活着。

终于，我再也下不了床，只能向学校请假。妈妈一脸担心地带我去了医院。尽管我假装自己没有心理问题，优秀的医生还是让我们去心理咨询科。

我老大不情愿地见了心理咨询科的医生，后者给我开了药，说如果那种药对我有效果，我的病就能确诊。

我服下名字像电池的药，祈祷它对我无效。

然而身体不会撒谎，我的症状明显改善。

复诊的时候我在医生面前痛哭流涕，虽然不想让身边的妈妈担心，但我实在忍不住了。

“不……不可能是那种病！”我就像闹着要买玩具的孩子一样对医生说，“我没那么软弱，不可能得那种病！我比其他人都要坚强！就算被领班骂，也从来没有哭过……朋友都说我没心没肺，我怎么可能是个敏感的人？”

“小寺同学，”医生耐心解释，“双相情感障碍不是压力造成的心理问题，是明确的脑部疾病。得了这种病也不能说明你是个软弱的人，因为每个人都可能患病。”

“可是……”

“别担心，只要正确应对，你完全可以过正常人的生活，让我们一起为改善病情努力吧。”

我不禁哽咽。

面对又哭又闹的我，大夫始终面带微笑，也许已经诊治过许许多多和我一样的病人了吧。对医生来说，我只是千万名病患中的一名。在那一刻，我不再坚信自己是特殊的存在，只觉得自己微小而平凡。

妈妈摸着我的后背，安慰我说不会有事的。我有点开心，却又为给她制造负担而内疚。

我害怕极了，担心别人知道我的病以后会把我当成笑柄，对我避之唯恐不及。在学校里，我只能偷偷躲起来吃药。我不再打工和更新自己的频道。

尽管不能再像从前那样嘻嘻哈哈，但我好歹还过着正常的学生生活。和健康的时候相比，如今的我只是在模仿正常人罢了。在电影《平成狸合战》中，狸子喝着营养饮料和人类打成一片。我感觉自己也大同小异，只不过把营养饮料换成了药。

不知不觉，新年到来了。

我的心情好了起来，仿佛穿过了漫长的隧道。得了这种病就会不断经历长期抑郁和短暂轻躁狂状态的交替，所以我并没有痊愈，只不过可以暂时松口气。此刻我只想沉浸在毫无根据的幸福和自由的感觉之中。我当然知道这只是症状，维持不了多久。

在寒假的最后一天——一月七日，我一大早就有种想去阳光乐园的冲动，便立刻着手准备。我唯一能想到的理由是小时候和妈妈一起去过。

我在情绪上扬的时候做事毫不迟疑，没有约一个朋友，就这么带着散步似的心情坐上公交车，赶往目的地。

到游乐园后，我想都没想，就直接买了门票和一张单日畅游卡，又在售货车前买了小狗佐伊的发箍。

“你戴着很好看！”

听营业员姐姐这么说，我笑了。

然后，我去坐了云霄飞车、旋转咖啡杯和摩天轮。

哪怕没有同伴，我也很快乐，看到什么都觉得新鲜。整个世界仿佛都在祝福我。明知这只是神经递质紊乱制造的幻觉，我也不在乎。

正当我沉浸在美梦中的时候，身边突然响起一声惨叫。我惊讶地看见一个女人倒在地上，跟前有个大学生模样的青年说：

“只要下决心，我就能做到……”

青年发现了我的存在，我看到了他右手上的菜刀。

我心知不妙，就算这里是游乐园，也不可能有人搞这种变装表演。他身上的杀气溢于言表。我只能勉强扭过头去不看，却被吓得挪不动半步，甚至忘了眨眼和呼吸。青年越走越近。

“你要恨……”他说着挥起手上的刀，“就去恨这个世界吧！”

怎么会变成这样？

我本该努力学习、考取东京大学，毕业前在演艺圈出道，偶尔在问答节目上所向披靡，然后在自己买的房子里养条毛茸茸的大狗……那才是我的人生愿景。

不过最近的我也的确受够了，能在最糟糕的状态到来前结束，未尝不是一件好事。

我想着想着，意识便沉入黑暗……

“你戴着很好看！”

循环开始了。

具体细节太啰唆，就不一一描述了。反正刚开始我也像贤生一样，想尽办法离开阳光乐园，比如痛扁随机杀人狂、和吉祥物玩偶争胜负。不过这一切都是徒劳的，无论做什么，我都不可能走出去。

一段时间后我才得知杀人可以脱身这则规则，但在那之前，我意识到了一件很重要的事。

那就是，在此期间，我的心情一直很好。

当时我循环了五十多次，换算成现实时间，就是已经在这里待了一个多月。可我一直都没有回到“抑郁周期”。虽然走不出阳光乐园让我发愁，但我并不感到绝望。

莫非我的病好了？然而这种没来由的自信和幸福不已的感觉像是症状的一部分。所以这是为什么呢？

我终于想明白了。

除了记忆以外，循环会重置一切。因此我不会感觉累，也不会犯困，即使受伤也能恢复如初，头发、指甲都不长。

我的反复躁郁症状与心情无关，而是大脑病变造成的——我幸福不是因为遇到好事，消沉也不是因为遭遇变故。

这意味着，大脑在每次循环后的重置使我不会进入下一个周期。

只要重复度过这一天，我就能始终保持最佳状态。

这真是惊人的发现，让我有一种在无人岛寻获乐园的感觉。

于是我想，只要能留在这里，我就不用再品尝被全世界抛弃的不安，浑身也不会像灌了铅一样沉重，不必在人前表现得八面玲珑、因担忧未来而导致胸口疼。

那我又何必要离开阳光乐园呢？

*

“就是这么回事。”

亚世美说完后伸直双腿，抬头看着天花板，长舒一口气。看来她的确说累了。

我不知该作何反应。我不想同情她，也不觉得夸她努力便万事大吉。然而，我更不赞成她永远留在阳光乐园。

我从没想到她是个病人，还以为她天生性格如此。原来，亚世美做事不顾后果和爱捉弄人的一面都是双相情感障碍的症状。

那又怎么样？

疾病也是亚世美的一部分，我不会因此改变对她的感情。虽然我对亚世美知道得不多，但我愿意花时间去了解她。这听起来像漂亮话，却出自我的真心。

“谢谢你告诉我这些不愿让人知道的事。能了解你的过去，我很开心。只是，我还是要说一声对不起。”

见我突然欠身，亚世美疑惑地问：

“你为什么要道歉？”

我低着头回答：

“虽然那是很久以前的事了，可我的确对你说了很过分的话，当时并不知道你得了病……”

“哦……”

亚世美似乎想起来了。

刚认识亚世美的我曾经在初遇吉祥物玩偶的下一轮循环中骂她“脑子有病”。一想起这件事我就无比懊悔。她完全可以因为我的那句话而跟我绝交。我真想回去揍自己一顿。

“真的很抱歉。即便不了解你的情况，我也不该说那种话……我愿尽自己所能来补偿你。”

“没那么夸张，都是过去的事了。你突然为这个跟我道歉，反而让我为难……话说回来，贤生，你真喜欢说对不起。”

倒也不是因为喜欢……不过经亚世美提醒，我发觉自己确实经常对她说抱歉。

我抬起头，迎上亚世美宽恕的笑容。亚世美说道：

“补偿就不用了，不过你现在应该知道我为什么不想离开了吧？”

“嗯。”

我重重点头，调整了情绪。

尽管为过去的恶言恶语道歉，我却依然没有改变同她一起离开阳光乐园的打算。我直言不讳地说：

“我的心意还是一样的。”

亚世美睁大了眼睛，欲言又止。她似乎在寻找合适的词语，但最终放弃，只说了一句：

“好吧。”

我能从她的语气里听出失望与无奈。她似乎不打算争论，我也一样。听亚世美说了这么多，我不再急于说服她。

我们有的是时间。

我和亚世美都没有再说话。这倒不是因为气氛尴尬，而是我们都需要时间消化彼此的意见。

我回想着她提到的疾病、校园生活和家庭环境，仍旧深受震撼。虽然那些都是我想听的，但其中一定有她不堪回首的过去，比如确诊疾病和遭遇随机杀人狂……

“啊！”

我不禁喊了一声。

“怎么了？”

亚世美转头看我。

我绞尽脑汁回忆着循环开始前，也就是刚来阳光乐园时发生的事，回忆这一天——一月七日从早上起发生的一切。

终于，一幅完整的图景在我脑海中浮现。

与此同时，我的心脏猛跳了一下。

那是一种极度不祥的预感，令我气喘吁吁、冷汗直流。

“贤生，你怎么了？”

亚世美忧心忡忡地盯着我的脸。

“不要紧吧？你的表情好吓人。”

“亚世美……”我看着她说，“有件事想核实一下。”

离开值班室后，我拜托亚世美帮自己一个忙，便前往了下一个循环。

我像平时一样与秀二等人分头行动，在主街旁的售货车前和亚世美会合。

“那件你习惯做的事……”

“按你说的，还没做。可以给我一个解释吗？”

“嗯。”

我之前只告诉她自己想核实某件事情，却没有说背后的理由。亚世美当时就想知道背后的原因，不过也许是照顾到我的心情，她没有打破砂锅问到底。

我看时间还没到，就在附近找了张长椅坐下。

眼下我实在没兴趣闲聊，紧张的心情丝毫不亚于等待中考成绩和争夺柔道全国大赛的出线名额那时。等待的时间往往显得漫长，但现在我恨不得手表能走慢些，让我最坏的想象不至于马上变成现实。

吃饭、散步，亚世美倒是优哉游哉。我却一动不动地在原地等候。

没过多久，时间来到中午十二点。该出现了。

“就是他。”

亚世美轻轻指了指游乐园大门。

只看了一眼，一股凉意便从头顶直冲而下。我拼命睁大双眼，只觉得眼冒金星。

最坏的猜测成真了。

我哀号一声，差点瘫坐在椅子上。

我认识那个在阳光乐园随机杀人的歹徒。

我在游乐园的大门外见过他，他就是那个企图占有别人手机的盗窃未遂分子。那时他想跑，被我抓住了。一开始他向我们求饶，临走的时候又出言不逊。

“千万别报警！求你们了！”

“以后走着瞧吧！”

我本来可以阻止凶杀案的发生，却放过了凶手。

不仅如此，假如当时我选择报警或者不去激怒那个人，而是采取稳妥的处理方式……

归根结底，发现手机的那一刻我就该把它交给公交车司机。

假如我那样做了，随机杀人案也许就不会发生，更不会有后来的时间循环现象。如此一来，包括练子在内的受害者们也不必违背良心、动手杀人了。

这一切的罪魁祸首是我。

“你怎么了，贤生？”

亚世美关切地问。

突然间，熊熊燃烧的怒火蹿遍我的全身。我圆睁双眼站起来，感觉腹部肌肉正在收紧。

“亚世美，让我来。”

说完，我握紧双拳走向那个男人。他见到我后先是目瞪口呆，转而一脸憎恨地说道：

“是你！”

我站在他面前，佯装平静。

“带着菜刀，你想干什么？”

他又吓了一跳，朝自己腰上看了一眼，暴露了藏在外套下的武器位置。

“你在说什么？别冤枉好……”

我一拳砸在他的鼻梁上，丝毫没有手下留情。伴随着骨头相撞的声音，男人惨叫着瘫坐在地，鼻血直流。他脸上满是痛苦和恐惧，举起双手护头。

我翻开他的外套，拔掉了皮带上的菜刀。刀是新买的，应该是买来用于杀人的。假如我和亚世美袖手旁观，这柄菜刀就会夺走两个人的性命。

“为什么？”我说着把菜刀摔在地上，“为什么不找我寻仇，要害死无辜的女孩子？”

我知道自己的问题不仅毫无意义，而且莫名其妙，因为现在他还没有杀人。不过，我要的并不是一个合情合理的解释，毕竟压根不存在那种答案。现在的我已经被仇恨冲昏了头脑。

我揪住男人的衣领，把他拉了起来，后者颤抖着哭喊道：

“对不起！对不起！”

这个人看上去胆小懦弱，可是亚世美偏偏被他……

一种难以抗拒的无力感向我袭来，就在这时，我明白了。

这个人明明可以在阳光乐园找到我、对我下手，却没有那样做。因为他很怕我，担心自己不能得逞、反而受伤。

所以，他挑了无力反抗的人。

这哪里是随机杀人？眼前的男人分明打一开始就盯上了弱女子。

“傻瓜，你在搞什么？”

我的肩膀被人拽了一把。

我回头看去，只见亚世美向我投来面对疯子的目光。工作人员正从她背后赶来。也难怪，谁让我闹出这么大的动静？

“先去下一个循环，到时候跟我解释清楚！”

亚世美拉着我穿过游乐园大门。

“先玩哪个？”

在听见汤野说话的瞬间，我当场蹲了下去，再也站不起来。方才支配我全身的愤怒似乎因为循环烟消云散。汤野、秀二和练子大惊失色地围上来问我怎么了。别说解释，我连认真回答的力气都没有，只能慢慢站起身，对他们说：

“不好意思，有点头晕，我去洗把脸。”

“真的不要紧吗？”

秀二担心地说。

“嗯。”

我转身就走，边走边揉着右手。刚才出过拳后，留下的感觉像干涸的血迹一般粘在上面。那是我有生以来第一次故意打别人的脸。我从没有因为生气对人动粗。然而那样做并没有为我带来畅快，反而让我感觉已经不认识自己了。

亚世美在背后叫住了我，向我走来。看来她一直在等我跟朋友们分开。

“你刚才是怎么回事？能不能跟我……”

没等她说完，我就跑了。

我现在没精力跟亚世美解释，只想一个人待着。我一路狂奔到游泳池，瘫坐在地，还来不及捂住嘴便吐了起来。

我趴在地上不停干呕，然后感觉有一股怒气从五脏六腑中涌了上来。这次我生气的对象不是那个凶手，而是自己。

全部是我的错。

我握紧双手，手心被指甲刺得生疼。我想要惩罚自己，哪怕这种程度的自残根本无法洗清我的罪过。

怪只怪我那自以为是的正义感。

当初在捡到手机后，我就应该立刻把它交给司机。那样的话，惨案就不会发生，练子也不会被迫杀死我，其他人也不必互相残杀。

我才是整起事件的元凶。

“贤生！”

亚世美朝我奔来。我想抬头，却没有勇气面对她。

“你跑什么啊？吓我一跳……没事吧？”

她说着蹲下来看我。

别这样，别来关心我，我不配！

“没事。”

我拼命故作平静。我不能再引起她的同情，有些事不得不做。

一番深呼吸后，获得氧气补充的大脑渐渐冷静下来。

我不再犹豫了。

“对不起，亚世美，我全部告诉你。”

“嗯……”

我开始向一头雾水的亚世美解释经过，告诉她我和杀人犯之间的关联，以及我才是循环现象的间接引发者。将一切和盘托出后，我再度向亚世美道歉，接着说：

“我必须终止这个循环，这是我的义务。”

“我有很多话要说，不过……”亚世美犹豫着，“你打算怎么做？我们或许还有没尝试过的办法，可是也没把握成功吧？”

“你说得对，试了也不一定成功，甚至可能让情况变得更糟，但是，我相信这么做是值得的。”

亚世美吃了一惊。

“贤生，你的计划究竟是……”

她已经看出来了，我的方案并不周全，但是它能为我们带来希望，哪怕伴随着剧烈的痛苦。一旦成功，我们就可以离开阳光乐园。而且这个方案只会伤害到我一个人。

“要终止循环，首先……”

听完我的计划，亚世美一脸难以置信。她既不反对也不赞成，而是低头沉思。看来，这个办法她也没试过。

说明我有成功的希望。

我下定了决心。

“我会终止循环。”

第六章

Good Day To Die

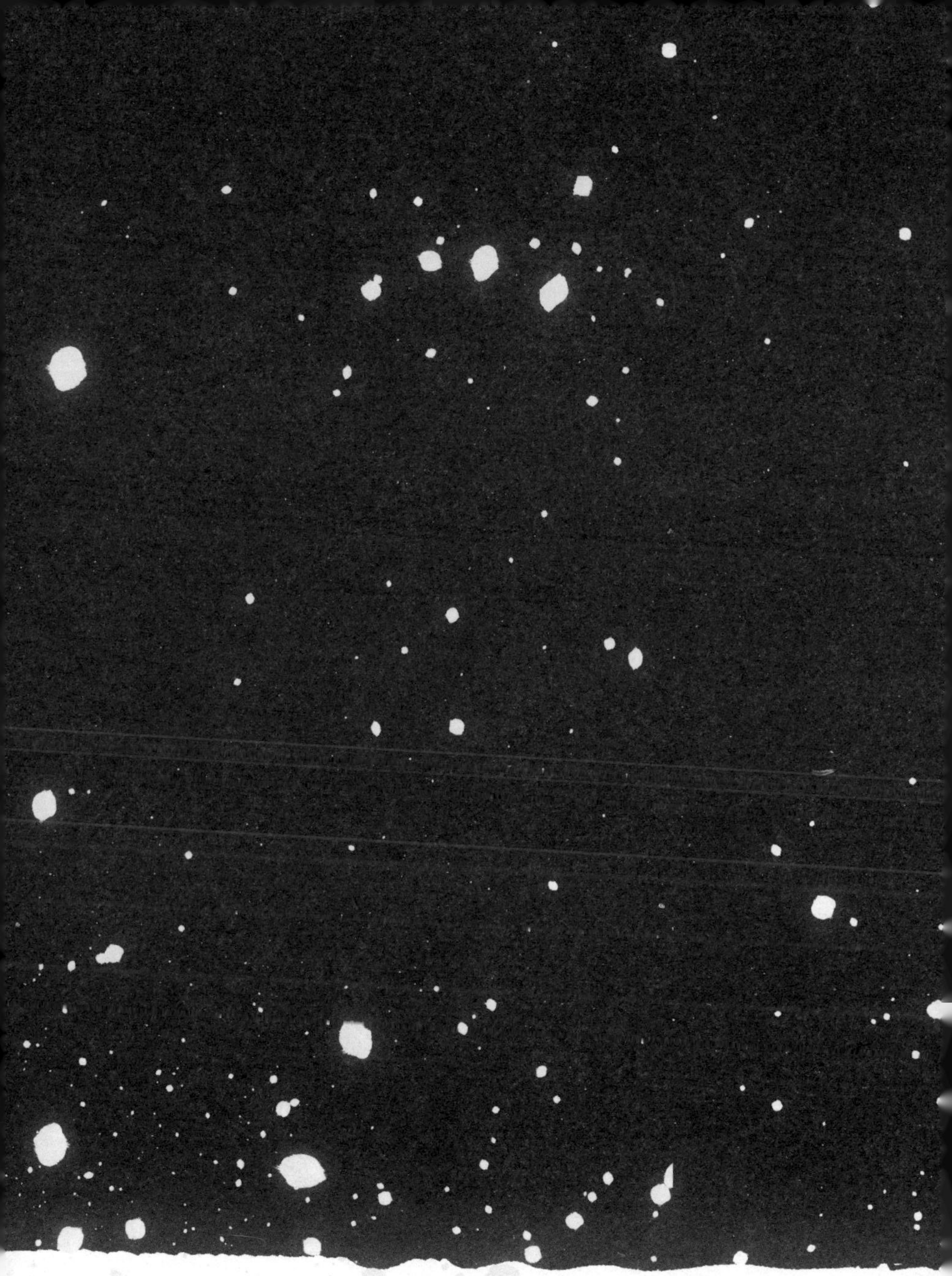

“你戴着很好看。”

营业员姐姐说道。

我点点头，离开了售货车。换作平时，我或许会和她调侃几句，此刻却全无心情。

在上一轮中，坚持终结循环的贤生说出了自己的计划，还说当晚就要执行。他不让我陪在身边，几乎强行把我推出了游乐园大门。

其实我觉得他的计划有可能成功，但细想过后还是表示了反对。我们没有绝对的成功把握，而且那种做法对他的折磨太大了。

他晚上真的付诸行动了吗？如果临时因为害怕改变主意，我也不怪他，只会微笑着安慰他。说到底，我自己根本不想离开阳光乐园。

想着想着，我便走向大门去找贤生。

奇怪……

我停下脚步，东张西望了一番，总觉得哪里不对劲——阳光乐园似乎少了什么东西。这种感觉就像看过很多遍的电影里突然少了某个角色。

一个小女孩从我眼前跑过，她的妈妈在身后追赶。

记得女孩也戴着跟我一样的发箍，现在它的造型却变成了熊耳朵。

我越想越觉得不可思议。我在阳光乐园循环了几千次，从没见过熊耳发箍。

“难道……”

我摘下自己的发箍，发现它也变成了熊耳朵，而不再是小狗佐伊的造型。

我立刻返回售货车，却没找到一件与佐伊有关的商品，便问营业员姐姐——

“请问这里有没有小狗佐伊的纪念品？”

“小狗佐伊？”她一脸疑惑，“我们有这个吉祥物吗？”

*

虽然亚世美劝我放弃，但我还是决定行动。

我在游泳池把计划告诉她以后，就马上让她去了下一轮循环。我不想被任何人打扰，独自等到晚上。

等到阳光乐园的工作人员都下了班，我急忙赶往云霄飞车。

我在夜色与飞雪中奔跑。游乐设施的灯都关着，吉祥物玩偶还没有出现。我从车头一侧爬上了沿轨道设置的检修台。检修台和轨道支架一样，也是用木头做成的，被我踩得嘎吱作响。

我小心翼翼地爬上陡峭的斜坡，免得在积雪上打滑。最后，我停在轨道的顶点。

这里比我想象中还要高。风雪中，脚下的轨道微微摇晃。一旦失足掉落，我必定一命呜呼。我本以为自己没有恐高症，却未料到此刻依然害怕得要命，只能咬紧牙关不让双腿颤抖。

我长舒一口气，迎着寒风严阵以待。

游乐设施的灯同时亮起，刺得我睁不开眼。我脱去外套、调整呼吸，发现一个玩偶正沿着轨道向我靠近。

它的耳朵高高竖起，那是小狗佐伊的特征。这一次，阳光乐园的主角充当了先锋，让我不禁想起，第一次在深夜遭遇的玩偶也是它。我感叹着机缘巧合，弯下了腰。

我曾独自与它们夜夜酣战，对它们的行动模式了如指掌。即便如此，我也从没能成功地熬到早晨。不过那是在平地上，换成这条摇摇晃晃的狭路，我恐怕连一分钟都坚持不了。

逃是逃不掉的，但我可以自己选择被抓的方式。

我不断避开佐伊的抓捕，急得后者张开双臂、俯下身子。

机会来了。

我一路向后挪到轨道的边缘。在这个位置，只要被人轻轻一碰，我就会从高空坠落。

我不知道自己能不能成功，突然感到一阵不安。但我别无选择。

果然，佐伊朝我冲了过来。

我没有避让，而是任凭佐伊扑到自己身上，顺势与它一同从轨道上坠落。

头朝下跌落的我五脏六腑受到重力拉扯，大脑被本能的恐惧吞没。面对必死的预感，我实在无力冷静思考。然而在这种极限状况下，我的心中却升起一股对成功的确信。

我必须让佐伊“杀死”我。

亚世美曾说过，杀人意味着将被驱逐。

在阳光乐园之神眼里，特别通行证是给我们的赔礼，或者说优待。而犯下杀人罪后，循环受害者就会被剥夺这种资格，从而跳脱循环。

换成玩偶又将如何？它们的任务是把我们赶出游乐园，如果在过程中害我们殒命，身为游乐园的维护者，想必也会被阳光乐园之神驱逐出去。

我不确定自己在轨道上所做的一切能否让玩偶背负杀人的罪名。不过，万一失败，我还有别的手段。

地面近在咫尺，我却仿佛进入了慢镜头，脑海里也浮现出无数回忆——在小学得到的奖章、从攀登架上坠落时的疼痛、还没归还给图书馆的书、妈妈的手、阳光乐园的特别通行证、亚世美的膝枕……

扑通！

“先玩哪个？”

在重启循环的瞬间我站立不稳，一屁股坐在地上。

我的确是死了——身体撞击混凝土的感觉挥之不去。虽然循环抹去了我的身体创伤，但胃部却传来一阵痉挛。

尽管我很在意计划是否成功，但此刻自己最需要的却是休息。我告别了朋友们，去了医务室。

在床上躺了一会儿，亚世美走了进来。

“佐伊不见了。”她双手插兜，在床边坐下，“就好像从来没存在过一样。我在手机上没搜到它和阳光乐园之间的关联，这里的工作人员也不记得它的名字。游乐园的吉祥物主角已经成了小熊祖祖。”

“这样啊。”

我闭上了眼睛。

佐伊没了，我成功了。

浑身都放松了下来。我没力气感到庆幸，却有一种安心的感觉。虽然做好了尝试不同方法的心理准备，但在内心深处，也许我是非常恐惧失败的。

总之结果好过我的预期，小狗佐伊居然彻底从这个世界上消失了。即便做得有点过火，我也并不打算就此罢手。

“好，只要再重复七次，就能把它们都消灭掉。”

“你确定自己没疯？”亚世美叹了口气，“才一回就累成这样，七次怎么受得了？”

“没关系，只是腿上有点发软，多来几次就会习惯的。而且我‘死’

得快，没有痛苦。”

“要是它们活过来呢？”

“以前它们从来没彻底消失过吧？我想这次是成功了。”

“你太乐观了。”

“就算你说得没错，我也没理由放弃。起码把能试的方法都试过，才有资格谈绝望。”

“你……”亚世美语带愠怒，“能不能看着我说话？”

我一时语塞。

从上一轮循环开始我就不敢直视她，毕竟我曾铸下大错，心里有愧。

“学校的老师没教过你，跟别人说话的时候要看着对方的眼睛吗？”

“对不起……”

“还在介意那个杀人犯的事？”

我没有回答。

亚世美在我身边躺下，我几乎能感觉到她的呼吸。放在从前，我会不知所措。不过，此刻的我深陷内疚，无暇顾及。

“这不是贤生的错。”亚世美喃喃道，“循环现象的罪魁祸首不是你，哪怕你没遇到那个人，他也会杀人的。谁都不能怪罪你。”

我伸了个懒腰，翻身背对她，说道：

“练子……还有其他的受害者一定憎恨着循环现象。就算这一切不是我亲手造成的，我还是错失了防止它发生的机会。他们要是知道这一点，不会觉得我无辜的。”

“又不是只有你一个人可以阻止，也不能全怪你啊。再说我一点都不恨你，甚至感谢你让我永远保持好心情。”

“不管现在有多好，你确实被他杀过一次。”

“都过去了，我不在乎。”

“我……”我蜷缩起身体，像是要躲进自己的壳里，“就算别人都不在乎，我也不能原谅自己。”

这才是最主要的原因，无论亚世美怎么安慰我，我都觉得自己难辞其咎。

是我害她身陷难以挽回的困境。这种事过去或许也发生过，只是我后知后觉而已。我不负责任的善举可能会给别人造成伤害，而我对此却一无所知，这让我羞愧不已。我觉得自己很蠢，难过得想死。

“真是太矫情了！”亚世美丝毫不理解我的心情，一个劲地敲打着我的后背，“亏得人家想给你打打气，你却这么想不开。算了，不管你了。”

亚世美下床，走出了医务室。

我松了口气。虽然浪费了她的一片好意，但我现在只想一个人待着。

可没过多久，她又回来了。

“对不起，骗你的，我还是担心你。”亚世美在我背后柔声说道，“现在我还不想走出阳光乐园，不过要是有什么能为你做的，就告诉我。”

我把头蒙进被子。

我不能依靠她，现在还不是放纵自己的时候。

我一天没吃饭，就那样躺在医务室里。

秀二他们来看过我几次，但我以不舒服为由，没怎么跟他们聊天。到了晚上，我给他们发消息说老爸来接自己了，然后到空无一人的游泳池等玩偶出现。

接下来要做的，和上一次循环的一样。我小心翼翼地登上轨道，到达高处后恰逢游乐园亮灯。一只玩偶爬了上来。

我鼓励自己，已经成功过一次了，没问题的。

这回来的是蜥蜴巴奇。我像之前一样躲开它的攻击、引诱它扑过来，然后和它一起从轨道上坠落。

此刻我身体腾空，高速掉向地面。

我心知不妙，因为自己脚朝下。我想要调转身体方向，却来不及了。

耳边传来骨头碎裂的声音。

我咯了一口血，唯一能看见的那只眼睛视野也被染得通红。

我没死成！

我仰面朝天、动弹不得、全身麻木，伤势严重到让我感觉不到疼痛。

和我一起掉下来的蜥蜴巴奇爬了起来，俯身用空洞的眼睛看了看我，然后拖着我扭曲折断的腿往前走。也许是头发被血粘在了地上，我感觉头皮也连带着被扯动。

我浑身是血，却看不见伤口，只知道自己受了很严重的内伤。我的灵魂都仿佛从身体的破口处向外流逝，意识正被吸往一个又冷又黑的地方。

然后，我昏了过去。

“先玩哪个？”

我当场呕吐，跪坐在秽物上，很快支撑不住、彻底栽倒。

朋友们围了上来，震惊地询问情况，我却听得断断续续。

“你怎么了？要紧吗？”

有人问。

工作人员将意识模糊的我抬到了医务室，到了床上我才总算缓过气来。

“叫救护车！”秀二说道。

我起身摇摇头，说道：

“不用，抱歉……我已经好了，没事的。”

“怎么可能？你刚才吐了，还摔倒在地！”

“求你了，贤生！别动！”

尽管我坚称没事，但秀二和汤野还是叫了救护车。没过多久医生便走了进来，把无可奈何的我抬上担架，送出游乐园。

“先玩哪个？”

尽管我不想随便重启循环，不过刚才那次实在不是自己可以控制的。这一回，我平静地主动去了医务室。幸运的是，虽然没有立刻死亡，但我的死似乎还是被算在了蜥蜴巴奇的头上——它也从游乐园消失了。

已经有两只吉祥物被我除掉了，还剩六只。自从陷入循环现象，这是我头一遭抵抗见效。只要坚持下去，我就能消灭掉所有的吉祥物。今晚继续再把它们引到云霄飞车的轨道上……

我心里咯噔一下，全身的毛孔都开始冒冷汗。此刻的心跳已经快到心脏都开始疼痛，让我不得不捂住胸口。我喘不过气来，一旦想到和吉祥物玩偶坠落的瞬间就觉得难受。

难道说，延迟死亡所带来的痛苦让我有了心理阴影？

我安慰自己说这只是杞人忧天，即便痛苦，也必须忍过去。只要再重复六次，一切都会好起来的。

我决定睡到晚上。

我在医务室的床上迷迷糊糊到中午，估计秀二他们要来约我吃午饭。可我一点胃口都没有，便打算拒绝。

然而来的却是亚世美。

“嗨，你今天……看起来不太好。”

我依然没勇气看她，尴尬地扭过头去。

“一起吃饭总可以吧？”

我本想推辞，又觉得没必要太固执，毕竟我只是不想依靠亚世美，而不是想让她难过。我答应了一声，勉强下床。

亚世美似乎也不怎么饿，于是我们去餐车买了汉堡，坐在长椅上吃。我们面前就是旋转木马，一个小女孩正骑着海豚笑个不停。

“对了，好像还没跟贤生一起坐过旋转木马。”

“不适合我们这个年纪吧？”

“这就要看怎么玩了。我们可以不骑海豚，朝反方向跑。”

“那有什么好玩的？”

“试过才知道嘛。”

亚世美边吃边说。我也咬了一口汉堡。

旋转木马停了，孩子们走了下来。他们身上有不少祖祖的纪念品。少了老朋友佐伊，我还是有点不习惯。

“要是祖祖也没了，谁会是下一个主角？”

亚世美跟我想到一块儿了。

“不知道，看谁最受欢迎吧。”

“这里有人气投票吗？我比较喜欢豚鼠科贝，虽然祖祖也不错。我还挺喜欢头上的熊耳朵发箍，圆嘟嘟的，很可爱。”

“嗯。”

“好歹看我一眼再回答。”

亚世美把我的头拧向她自己，却改变不了我的视线方向。

“也不知道在较什么劲……算了。”

亚世美松开手，接着吃汉堡。

我们沉默了。我嚼着干巴巴的面包和咸过头的肉酱，看着人来人往。每个人的脸上都挂着笑，园内气氛融洽，和我这个害怕摔死的人格格不入。

我们几乎同时吃完了饭，亚世美舔了舔手指上的酱汁，说道：

“太痛苦就放弃吧。”她的语气从来没有像现在这样严肃，“我还是觉得让玩偶杀死自己太疯狂了。循环能治好你身体上的伤，但是这样重复下去，你会变成废人一个。”

亚世美在椅子上朝我挪了挪。

“别再伤害自己了，和我一起玩吧。我会教你一堆好玩的，还有很多我们没试过的呢。”

她的提议很诱人，却难以打动沉浸在自责中的我。

“你是因为不想跳出循环才让我停手？”

我不想再接受她的关心，忍不住挑衅地说道。

“不是的，我只是担心你。”

“我不配。”

“别这么说，我会难过的。”

我埋头摸了摸前额，说道：

“对不起，亚世美，很感谢你这么关心我，但是以后别再管我了。”

“贤生……”

我一直以为自己是个好人，最后才发现那只是一厢情愿的傲慢。我的所谓正义，只是自我满足罢了。

可我还是必须亲手终结循环现象，这既是我的义务，也是赎罪的方式。

“好吧。”亚世美起身走到我面前，摆出一副气势汹汹的样子，突然大喊道，“贤生是个胆小鬼！我知道你很能打，也不服输，但你其实是个懦弱的人，又容易受伤。”

我瞠目结舌，看不懂她的用意。

亚世美突然柔声说道：

“可你因为后悔和自责拼命坚持，遍体鳞伤也要抗争，虽然很了不起，但是让人不忍心不管。所以……”

她用双手捧起我的脸。

“我会帮你的，因为在阳光乐园，我是无所不知的存在。”

我说不出话来。亚世美松开了手，转身离去，空留给我一个背影。

当天我也一直等到晚上，为的是继续消灭吉祥物玩偶。

我想在晚上十点前爬上云霄飞车的轨道，让玩偶来杀自己。

然而，我做不到。

我在云霄飞车门口等到游乐园亮灯，僵硬的身体却像被钉在地上一样寸步难移。我既没勇气攀登，又不甘心逃跑，最后被羊驼拉曼恰逮个正着。被它抱住的一瞬间，我暗自松了口气—— 这让我更加羞愧。

我太怕死了。

我带着不成功不罢休的决心开始了下一轮循环，却连云霄飞车的门口都没走到。无论我如何捶打自己的双腿，它们就是不听话。

一想到自己有可能无法立即死去，身体便不听使唤了。

我并不害怕死亡本身，而是怕死不成，难以忘记从高处坠落时那种撕心裂肺的痛苦。

再这样下去我就死不了了，也不能消灭玩偶。

我打算试试别的死法。

在下一轮循环中，我从赛道旁的仓库找来工具，拆掉了卡丁车的油箱。

我打开沉重的油箱，把油泼到预定的地点。我的计划是等玩偶过来，就用餐厅的打火机点燃汽油，让它浑身着火。虽然玩偶不怕火，但是我担心——

落在着火的玩偶手上，我也会被烧死。那样一来，我就没必要登高了。

我扔掉空油箱，等待玩偶出现。空气中弥漫着汽油味。虽然下着雪，但大火应该还是烧得起来的。

这就够了。

真的吗？

想到这儿，我冷汗直流。

我究竟在干什么？我怎么可能让自己和玩偶一起着火？那样会被活活烧死的！

我觉得自己真是昏了头了，不禁咬牙切齿。还好清醒过来了，不然后果不堪设想。

我必须冷静。一番深呼吸后，我确认自己头脑正常。

不能点火，必须继续尝试摔死，那应该是最轻松的死法。我只能努力克服恐惧，告诉自己下次一定能成功，一定会死。

我想起亚世美说我“疯狂”。

此刻的我，真的正常吗？

“先玩哪个？”

重启循环后，我难得与朋友们度过了一天。我的目的不在于散心，而是回归自己正常的状态。我表现得嘻嘻哈哈，对重复过无数遍的对话假装感到新鲜。

这样做尽管谈不上快乐，却给我带来一丝怀念。一心想从玩偶手中逃离的那段时间，我是一点都不怕死的，不怕苦的。

与那时相比，我是变得更好还是更坏了？

我的答案是五十步笑百步，再说也没有可比性。

刚过正午，我们来到主街。现在是阳光乐园人流量最高的时间段，身边有很多孩子在和吉祥物合影。

我停下了脚步。

我曾经在这个时间段多次经过主街，甚至记得与自己擦肩而过的游客以及路旁有几棵椰子树，自然也不会忘记身边有哪些吉祥物。

“贤生，你怎么了？”

“抱歉！”

我跟汤野打了声招呼，跑到主街旁的游戏区，找到那台阳光乐园独有的吉祥物扭蛋机。

我凑上前看介绍。本来有八只的，被我除掉了两只，应该还剩六只才对。可是，商品介绍里却只剩下五只吉祥物。

小鸭格利高里不见了。

我记得自己只消灭了小狗佐伊和蜥蜴巴奇。难道是我的记忆有误，格利高里也作为共犯被一并铲除了？

不可能，爬上轨道的吉祥物只有一只，我也从未被前后包夹。

也就是说还有别人被吉祥物杀害。

除我以外，夜间还能活动的人只有……

“不会吧！”

我拨了亚世美的电话，却无人应答。

“找到他了！”汤野带着其他人追了过来，“说跑就跑，把我吓了一跳……你在打电话？有急事？”

“对不起，汤野、秀二、练子……”我对汤野和她身后的两人说，“有个……亲戚家的女孩来了阳光乐园，跟我一样大，头上戴着佐……祖祖的发箍。我得找到她，你们能帮我一起找吗？”

秀二怀疑地看着我。

“你有和你一样大的亲戚？”

“是的，她对我很重要……拜托了！”

“好吧。”

面对我的恳求，秀二略显慌张。

“包在我身上，一定想办法找到她！”

汤野拍了拍胸脯。

“要不分头找吧。”

练子提议。

我心怀感激地向他们详细描述了亚世美的外貌。练子说得没错，分头找比较快。我们约定假如找不到人就在一小时后碰头，各自散去。

亚世美平时独来独往，并不难找。可我找遍了游乐园，包括游泳池，都没发现她的踪迹。朋友们也有好几回都认错了人。

只剩一个地方没去了。

我悄悄来到餐厅二楼的员工区，在走廊拐角处的值班室门前敲了敲，没有反应。我又拧了拧门把手，发现门是锁着的。

我再次拨打亚世美的号码，听见屋里传来铃声。

人明明在里面。

“亚世美，开开门，我有话跟你说。”

屋里静悄悄的，莫非她没听见？

“吉祥物又少了一只，是你干的吧？”

“请问你在干什么？”

我被工作人员发现了，真是功亏一篑。

“晚上在老地方等你。”

说完我立刻跑下楼，走出了餐厅。没有人追上来。

我有点担心亚世美，假如工作人员开门进去……我为自己的鲁莽感到后悔。不过我相信亚世美一定能化险为夷。

更让我疑虑的是，亚世美是否也牺牲了自己的性命来消灭吉祥物？

如果真是这样，那我……

我让朋友们停止搜寻，并且向他们道歉，解释说因为家庭缘故，我和亲戚家的女孩可能很难再见面。他们虽然将信将疑，但面对我的诚恳请求，还是没再追究。

后来我又和他们玩了一会儿，到了晚上便独自行动。雪花无声飘落，我在空荡荡的泳池等待亚世美。

游乐园早已关门，工作人员应该都下班了。

亚世美还没来。

哪怕没听见我在门外喊话，她也应该能看到来电记录。既然一直没有回电，说明她不想跟我说话。

我咬紧了牙关，心中满是疑问——亚世美为什么不理我？小鸭格里高利又是怎么消失的？

我心里着急，因为吉祥物玩偶很快就会出现。

我又给亚世美打了电话，心想她要是再不接，这次就只能放弃。

我同时听见了两处铃声，一处来自听筒，一处来自更衣室。

“亚世美……”

电话被挂断了。

她一定在这里！我向声音的来源跑去。黑暗中有道人影蹿了出来，头也不回地跑了，正是亚世美。

“你跑什么啊？”

我急忙追出了游泳池。

游乐园的灯都关了，飞雪也影响了我的视野。想到稍微松懈就有可能追丢，我便发足飞奔。我们之间的距离越来越近，最后我终于抓住了她的胳膊。

“别跑！会摔倒的！”

听见我的大吼，亚世美在薄薄的积雪上停下脚步。见她不打算再跑，我放开了手。

亚世美战战兢兢地转过身来，这回我不能再回避她的视线。

“为什么要跑？”

“本来准备跟你见面的……不过你看起来很生气，想想还是算了。”

“不是生气，是着急。”说实话，现在我依然没能平静下来，不得不强压住质问的冲动，“亚世美，吉祥物又少了，你知道原因吗？”

她沉默了片刻，尴尬地抱着胳膊，回答道：

“我用你的方法把它除掉了。不过不是从云霄飞车的轨道上摔下去，而是利用跳楼机。那里有架梯子。”

我只觉得头晕目眩，重点不是有没有梯子。

“你不疼吗？”

“嗯，就一下子……”

她的回答令我稍稍松了口气，但我体会过相同的痛苦，所以此刻才会觉得撕心裂肺。我不想让亚世美承受这一切，也因为没能阻止她而对自己失望。

“为什么要干这种蠢事？”

亚世美不悦地说道：

“有你这么说话的吗？我也想……帮上你的忙。”

“你不是不想出去吗？没必要掺和吧？我一个人死几次就够了，你什么都不用做。”

“不要！”

“为什么？”

我不禁提高了音量。亚世美满脸悲伤地说道：

“想减轻你的负担而已，有那么不可思议吗？”

我心中一痛。

“我不是那个意思，只不过……”

我想说自己是在替她着想，又把后半句吞了回去。这太高高在上了，不是我的真实想法。

“你担心我，我很开心。可是一旦没能立刻死亡，你会承受极大的痛苦——粉身碎骨、眼前全是血的颜色。上次吉祥物抓着我断掉的腿，把我像垃圾一样往前拖……那可不是光靠一个‘疼’字就能形容的，我不想让你也尝一次，懂吗？”

听了我的话，亚世美终于害怕地咬了咬嘴唇。

雪越下越大，东一片西一片地落在亚世美的头上。我不想让她在外面待太久，便劝道：

“求你别再送死了，我没事的。”

“好吧……”

亚世美不甘心地点了点头。

“骗你的！”

又从我眼前跑开了。

我看得目瞪口呆，没想到她居然在此时故技重施。我愣了一会儿才反应过来，她是在朝跳楼机的方向跑。

难道她打算立刻动手？居然一点都没听明白我的意思？

我拼尽全力追上去。幸好，亚世美的速度并不快，在跳楼机门口被我从背后抱住。

“放开我！我要去死！”

“白跟你说这么多了？别乱动！”

亚世美像个小孩子一样四肢乱蹬，根本不给我对话的机会。不得已之下，我只能动粗。

我弯下腰把亚世美扛了起来，右肩正好顶到了她的肚脐，她发出一声闷哼。

“喂，放我下来！”

亚世美在我背上乱打一气，但我也不会放她下去，而是打算把她送出游乐园，去下一个循环再和她好好谈。不过我可没有玩偶那么粗暴，不会把她扔出去。

我加快了走向正门的脚步，再不抓紧吉祥物就要来了。

走上主街以后，亚世美不动了。我以为她终于老实下来，没料到她竟掀起了我的衣服，让我的腰暴露在寒风中。

我正犯嘀咕，却感到腰上一阵剧痛，大叫了一声。

她居然咬我!

“放我下来！”

亚世美边咬边含混不清地说道。我只好把她放到地上。

“干什么啊，笨蛋！”

“谁让你不把我放下来？”

“是你不听人劝，把我的好心当作驴肝肺！”

“谁要你的好心了？人家想帮你就帮你，较什么劲啊？！”

“我没在较劲！”我大吼大叫，把亚世美吓了一跳，“做这件事是我的义务，就算循环现象不是我直接造成的，我也难辞其咎。至今为止受害者遭到的折磨有一部分要算在我头上。”

“你错了。按你这种说法，把那个人放进门的工作人员、带他来的公交车司机、卖菜刀的营业员都要负责任了。世界上发生的一切事都错综复杂，你只不过与杀人案沾边而已。”

“可我完全有机会阻止这一切发生，我应该做到的……”我感觉胸口发热，“亚世美，你想想看，练子在杀了我以后会有怎样的未来？”

“这……”

亚世美大睁着眼睛，没有继续说下去。

“我有时候会去想这件事。杀了我以后，练子把接力棒交给我、离开了阳光乐园。不过她必须为自己所犯的罪付出代价，哪怕是未成年人杀人，刑罚也不会轻。她还会背上杀害朋友的恶名。或许汤野和秀二也会对她恨之入骨。”

我鼻子一酸，接着说了下去。

“即便罪行没有暴露，善良的练子也会内疚不已。面对悲伤的汤野和秀二，她能守住这个秘密吗？就算永远不说出来，精神负担又有多重？说不定她一辈子都要活在深重的阴影之中。当然，她不是唯一的受害者，其他人也可能走上同样的道路。”

尽管越说越难受，我也不想回避自己的过错。

“这一切都是我的想象，没办法验证。也许根本不存在那种世界。可假如受害者们在离开阳光乐园后要经历地狱般的折磨，我又该……”

眼泪流了下来，我终于哽咽得说不出话。

我忍不住呜咽，眼泪也憋不回去，心里难过得不得了，胸口像被人用麻绳勒住一般窒息。眼前模糊一片，害得我连亚世美的脸都看不清。

“对不起，亚世美……”我带着哭腔道，“亏你这么担心我……可是，我没资格……”

忽然之间，我闻到了一股香甜的气息，全身也被柔软的触感包围。

面对突如其来的拥抱，我说不出话。

“别哭了，贤生。”

亚世美在我耳畔呢喃，抱紧了我。她的身材娇小，拥抱我的力气却丝毫不弱。

“不管我怎么说，你肯定都会强忍痛苦做完这一切，不然你是不会原谅自己的……”

游乐设施的灯全亮了。亚世美的声音在夺目的霓虹中回荡：

“所以我决定了，或者说放弃了。听你的，我不会再去找玩偶送死。不过……”

她大声强调。

“在你消灭所有的吉祥物之前，我会尽我所能来帮助你。当你遍体鳞伤，我会在背后支持你，直到你重新站起来。不惜一切代价。”

她的声音温暖、友爱，深入我的骨髓，为我心底最寒冷的角落带来热流。

“你要是觉得自己实在坚持不下去，就告诉我。我随时愿意分担你的痛苦。”

亚世美身后出现两只吉祥物，与我们近在咫尺，但我没有离开她，只想一直沉浸在温暖与友爱之中。

“为什么要这样做？”我问。

她放开我，调皮地一笑，又凑近一步，轻轻吻了我。

“谁让你这么让人放心不下呢？”

我们被吉祥物分开。

我一边被拖着走，一边哭。我说不清其中的原因，心里却一点都不难过。暴露自己一切的软弱，让我很难为情……但是亚世美全然接受了我，令我无比安慰，同时对她依依不舍。

未来的我也许会打退堂鼓，会苦闷、后悔、痛哭流涕。而我相信亚世美会站在我这一边。

我的心中燃起一团火。

第七章

食人游乐园的终章

我被隔壁房间的闹钟吵醒，从冰冷的塑料床单上坐了起来，关节僵硬，浑身像生了锈。手机上的时间是早上七点。我记得自己凌晨两点到网吧以后怎么也睡不着，玩电脑到清晨五六点。看来只睡了一两个小时，不过我也不打算睡回笼觉了。

两边的手腕传来一阵刺痛。我挽起袖子，看见了上面那两道清晰的抓痕。

父亲是一名教师，无论对人对己都很严格，将学习成绩看得无比重要。无疑，他也把自己对教育的热情灌注到了我身上。在他的严厉教导下，我很小就学会了乘法口诀，上小学时就会做方程组和因数分解的题。只要考试得满分，父亲便会夸我。可我一旦犯错或成绩下滑，就免不了挨打。

初二那年我在数学考试中得了91分。那是个意外的成绩，因为我的分数从未低于95分，绝大多数情况下都是满分。老师笑着说这次的卷子有点难，我在心中咬牙切齿。

这回要是被父亲知道，恐怕就不是挨打那么简单了。被逼无奈之下，我怀着侥幸心理把“1”改成了“7”，却还是没能瞒得过父亲。

“把手伸出来。”

在父亲的命令下，我只能胆战心惊地伸出手，随即发出一声惨叫——父亲正在用一根烧着的香烫我的掌心。

“你死去的妈妈也会伤心的，你要发誓，以后永远不骗爸爸。”

我又疼又怕，一个劲地哭着求饶。当年的伤疤至今还在，看上去像颗小小的掌心痣。

我从不敢违背父亲的意愿，中考和高考的志愿都听他的，看的书和电影也任他安排。毕业前我还勉强能让父亲满意，但我去应聘他指定的岗位却接连被拒。于是他不仅对我家暴，还否定了我的人格。

“没用的东西！”

“把我的脸都丢尽了！”

“白痴！”

“你凭什么活在世上？”

我只有不停地道歉，哭着向父亲磕头，直到他消气为止。在家的时候我总是小心翼翼的，不敢惹恼他。尽管如此，他还是每天都把我骂得狗血淋头，又拿竹剑抽我。

我毫无征兆地爆发了。就在昨晚，我掐死了睡梦中的父亲。

我将全身重量压在他身上，用拇指卡住他的喉咙。父亲痛苦地挣扎，死命抓住我的手腕。我甚至担心自己的骨头都要被他掰断了。可我也没有退路，一旦失败，他就会把我打死。所以，我也使出了吃奶的力气。

没过多久，父亲不动了，但我又坚持了十分钟没松手。我打心底里害怕他会突然坐起来对我说：“你知道自己干了什么吗？”

确认父亲已死后，我最后对他说了声“对不起”，用被子蒙住了他的头。然后，我只带了随身用品，头也不回地离开了家，决定不再回去。

走出网吧后，早晨的阳光刺得我睁不开眼。

我上网查了必死无疑的自杀手段，得知卧轨是理想选择，便走向车站。月台上挤满了人，不光有上班族，还有一家老小一起出门的，可能因为还在放寒假吧。

电子屏显示下一趟电车十分钟后到。我站在黄色警戒线上，回顾了自己的一生，心情竟十分平静。可无论如何拼命回忆，我都只能想起不幸的过去。不过我不在乎，那种回忆越多越好，让我可以下定决心去死。

突然，我听见身边的一个孩子对家人说：

“阳光乐园一定很好玩！”

我记得那是东京郊区的一座游乐园。妈妈在世的时候，我们曾全家去过。第一次坐云霄飞车时我有点害怕，又觉得酣畅淋漓。

那是一段快乐的回忆。

“特快列车不经停本站，请勿跨过警戒线……”

想到自己随时能死，不急于一时，我便破罐子破摔地跟着刚才那家人上了下一趟电车。

换乘公交车的时候我看了一眼钱包，发现自己总共只有三千日元现金，也没有银行账户和信用卡可用。这些钱只够买车票，未必能让我在游乐园玩个痛快。况且我又饿又渴，渴望冰可乐和薯条。虽然父亲一直不让我吃快餐，不过现在他可管不着我了。

我想当个饱死鬼，所以需要钱。

家里倒是还有一些现金，但我不想再面对父亲的尸体。

要是能弄到点小钱就好了——我一路空想着来到了阳光乐园，下了公交车后不知所措。

就在这时，有个高中生在公交车一旁喊道：

“谁丢手机了？”

我的手机没丢，不过周围也迟迟不见有人答应。

假如那台手机没设密码，岂不是可以随便用？就算有密码，一部分机型也支持一键付款。

于是我说：

“不好意思，手机是我丢的。”

一旦做好了死的打算，我大胆到连自己都吃惊。区区高中生，想必不难骗。

然而我没想到对方不是省油的灯，我不仅没能偷到手机，还被他重重摔在地上。

我闷哼一声，感觉胃往上翻，气也透不过来。

幸好没人报警，我才得以脱身。我委屈得哭了出来。在小毛孩子手上吃了亏，还要向他跪地求饶，最后灰溜溜地走了——我活成什么样子了？

刚才要是一死了之或者没来阳光乐园就好了，至少不必丢人现眼。

“刚才的贤生真像个英雄！”

有个女孩在夸刚才把我摔倒在地的人，这让我更加自卑。父亲不喜欢我出门玩，所以我从小到大就没交过朋友，自然也不会有女同学像那样夸我。

“你凭什么活在世上？”

我想起了父亲的话。

是啊，凭什么呢？我活着究竟有什么用？

就算一了百了，在别人看来，我也只是个杀害父亲的罪犯。

我突然有种强烈的冲动——不能就此草草收场。

二十三年来，我在父亲的虐待下顽强生存，已经够努力了。必须让更多人记住我的名字，知道世上存在过我这样一个人，不然岂非白活一场？

公元前，一个平凡的牧羊人赫罗斯特拉特为了令自己在后世留名，跑去举世闻名的阿尔蒂米斯神殿纵火。他成功了，因为现在还有人记得他。

既然要死，我想选择遗臭万年。

在阴暗的念头驱使下，我坐公交车去百元商店（**注：日本的百元商店大致等于国内的十元店**）买了菜刀，又折返阳光乐园。剩下的钱几乎只够买门票，反正我也不需要回程路费。

我想起昨晚在网吧看到一个帖子，上面说最好的自杀方式是死刑。只要杀掉三个人，在日本就一定会以命抵命。那我至少还差两个。一定不能失手，要找无力反抗的目标。

我在园内看了一圈，决定对一个笑得很大声的年轻女人下手。

心跳加快的我擦干手汗，握住了腰带上的刀柄。

“住手！”身后有人喊道。

我扭头看去，发现刚才把我摔倒在地的人正在对我说话。

“现在回头还来得及。”

*

夜里的阳光乐园雪花纷飞，我和亚世美在其中漫步。

工作人员都下班了，游乐园没有别人。身边静悄悄的，我们撑着一柄从接待处拿来的塑料伞。游乐设施的霓虹熄灭了，唯一的光源来自街头零星的路灯。

我们在旋转木马旁找了张长椅，掸去积雪，坐在上面。虽然没有被雪淋到，但腿上还是感觉冷冰冰的。

现在是晚上十点四十七分，游乐园依旧没有亮灯，也不存在追逐我们的吉祥物，死一般地寂静。

在上一轮循环中，我被青蛙比普“杀害”，而它是最后一只吉祥物玩偶。

阳光乐园的吉祥物全数消失，售货车上也不再有它们的纪念品。曾以它们名字命名的游乐设施称呼被改得稀松平常，亚世美的发箍也一变再变，直到最终消失。

我们成功了。

“接下来怎么办？”

亚世美问。

“先等到天亮，如果没有吉祥物，我们就出去。”

太阳要到早上七点才会完全升起，我们有的是时间。

我和亚世美边聊边逛。想到以后或许再也见不着眼前的风景，我心中难免有些不舍。我们时而骑骑海豚，时而坐上云霄飞车。它们虽然都没有通电，但也给我们带来了新鲜感。

累了我们就去摩天轮的座舱里休息，肩并肩、手牵手地相互取暖。我喜欢感受手上传来的亚世美的体温。

我本打算熬夜，最后还是睡着了。

“贤生。”亚世美把我喊醒，一脸苦笑地望着我，“天亮了，我想还是叫你一声。”

“谢谢。抱歉，我睡着了……”

我揉揉眼睛，看了看手表，已经早上六点半了。东方发白，昨晚的大雪停了，不过外面的雪积得很厚，估计会影响电车运行。

我们走下摩天轮，脸上冷飕飕的。这种寒冷与夜晚的不同，既湿润又清新。深吸一口气，感觉肺里都干净了。把它呼出去，纯白无瑕。

我和亚世美嘎吱嘎吱地踩着积雪走向大门。来到主街的我感觉脖子上热乎乎的。地面反射着白光，建筑物也投下一片阴影。

我们驻足回首。

太阳在地平线上微微探出脑袋。东边云层稀薄，阳光直接照射到我们身上。

我不记得自己有多久没看到日出了，完全沉醉在朝霞之中，甚至不在乎眼睛快被阳光灼伤。

我们就那样站在原地，彼此都没有说话。

振奋人心的感动并未持续多久，太阳很快躲到云后，我也清醒过来。

“我们出去看看吧。”

“嗯……”

亚世美显得局促不安，我握住她的手，发觉她在微微颤抖。

走到门口，我转身面对亚世美：

“你确定要走出去吗？”

这个问题很重要。亚世美虽然帮我终结了循环现象，却从来没说她打算离开。胆小的我害怕她仍然想要留下，直到最后才敢开口问。

亚世美犹豫了片刻，点头道：

“都到这一步了，只能出去。不过……”

“嗯？”

“一切真的结束了吗？”

听了这番话，我也越来越没有把握。哪怕铲除了所有的吉祥物，我也不敢保证循环现象就此终结。

见我犹豫不定，亚世美笑着安慰我：

“不试一下怎么知道呢？”

“是啊。”

我转身和她一同走出了阳光乐园。

“先玩哪个？”

耳边响起了我听过千百次的汤野的声音。

我又来到了门前的广场上，石头地面上没有一片积雪，汤野和秀二在一旁争论要玩哪个项目。

虽然吉祥物都不在了，但我们还是走不出阳光乐园。

我长舒一口气，让自己平静下来。

不必着急，一切都在我的预料之中，幸亏没抱多大希望。

还没到山穷水尽，我早就想好了下一步。

我对朋友们说自己不舒服，去医务室见亚世美，亚世美在我身边坐下，弄得床板嘎吱作响。

“可惜了。”

她说道，表情倒像是松了口气。我不愿设想亚世美仍不肯离去，只安慰自己说她还没做好心理准备。

“没关系，已经预计到会有这种情况，我们进行下一步计划吧。”

“今晚就动手？”

“嗯……”

我点了点头，又摇了摇头。

还有一桩心事未了。尽管我很想赶紧结束循环现象，但是在和亚世美相处的这段时间里，原本被打得落花流水的正义感又卷土重来。不过因为担心她会难过，我始终不敢启齿。

“还有什么事没完成吗？”

“如果你听完觉得不情愿，就直说，好吗？”

亚世美吃了一惊，又生气地搂住我的脖子，顽皮地捏紧拳头，往我肚子上捣。

“咱俩谁跟谁呀？还和我客气。”

“好吧，那就告诉你。”

亚世美微笑着松开了手。

“每次循环你都会给那个人打电话，防止杀人案发生，对吧？”

“嗯。”

“所以大家都安然无恙。可这只是一时的，我想只要根本原因还存在，不知哪天悲剧就又会上演。”

“对，那你打算怎么做？”

“我想要杜绝隐患，所以还需要再循环几次。”

我小心翼翼地观察着亚世美的反应。我要为了一个害死过她的杀人犯推迟计划，但这是不得已的，我不能放任他逍遥法外。

“挺好啊。”亚世美出人意料地一口答应，“我会帮你的，因为我也不想丢下这件事不管。”

“谢谢。”

“所以你要怎么杜绝隐患？”

“方案倒是有，可是在行动前……”我略微迟疑，“我想听听他自己怎么说。”

*

“现在回头还来得及。”

我警告即将大开杀戒的茑元纯。

自从告诉亚世美我想要杜绝隐患，我又循环了大约五十次。在此期间，我尝试与茑元对话，掌握了他的动机。我也想过不问青红皂白把他交给警察，可这件事毕竟与我有关，为了不重蹈覆辙，我理应了解事情的经过。

随后我得知了一个骇人的事实——茑元竟然杀害了自己的亲生父亲。我一开始很害怕，后来却越来越感到痛心。

我有点同情他。

茑元的所作所为是难以饶恕的，但他行凶事出有因，在心理上理应得到正确对待。

“在疾恶如仇的同时宽恕罪人”这句话太过仁慈，而且面对曾经死在他手上的亚世美，我又怎能说得出口？不过我心里知道它是有道理的——没人生来便是犯罪分子，后天遭受的恶劣对待和所处的环境都有可能引发犯罪。

“我调查过你了。”

茑元皱起眉头。听一个陌生人对自己说出这番话，他想必感到莫名其妙。不过我所言非虚，反复循环以后，我已经从茑元身上逐步了解到一些信息，也多次差点被他捅死。

“你所犯的罪是不能被宽恕的，可是如果生在你的家庭，我也有可能变得和你一样。”

“你、你在说什么？”

茑元显然慌了手脚。

我准备长话短说。

“虽说是正当防卫，但我也不该把你摔在地上，对不起。”

“现在才来道歉？太晚了！”

“是啊，太晚了。”

见我走近一步，茑元伸手去拔腰间的菜刀。我早有所料，立刻冲上去夺刀。

其实我已经失败过两次，这回总算是成功了。

丢了武器的茑元手足无措，转身就跑。我收起菜刀，没有追上去。这一切发生在短时间里，想必无人察觉，我也不想惹上麻烦。

我拿出手机打了个电话。

“老爸，他跑了。”

“知道了。”

在我的安排下，老爸守在游乐园门口。虽然很不想求他帮忙，但我实在找不到其他人。

情况我已经提前打电话向他说明，包括有杀人犯来到游乐园准备行凶，以及我一直在重复度过同一天。虽然曾经腐败堕落，但老爸毕竟当过警察，我知道自己骗不过他，只好如实相告。我原本以为他不会轻易相信，想不到他接受得很快。

“我知道你不爱开玩笑，而且你平时都不愿意理我，打电话来肯定是遇到了紧急情况。”

听老爸这么说，我眼眶微微湿润。

“他身上没带武器，不过你也要小心。”

“嗯，放心吧。”

“我先挂了。”

“等一下……”老爸迟疑了片刻，接着说，“谢谢你让我帮忙。”

“应该是我感谢你才对。”

“我会再给你打电话的。”

老爸挂断了电话，在不远处旁观的亚世美走过来问。

“有把握吗？”

“大概没问题，老爸是空手道高手，不会吃亏的。”

“虎父无犬子啊……”

我其实也有些担心，不过万一失败还能再次循环。只要在今天的范围内，一切都能补救。

“接下来只能听天由命了。”

我抬头看天，刘海被一阵干燥的风吹了起来。

凶案的问题解决了，我们随时可以结束循环。

现在刚过中午十二点，秀二他们还以为我在医务室休息。

“终于要结束了。”

“还不知道能不能成，只是乐观估计吧。”

亚世美说道。

“权当是最后一次吧，一旦脱离循环，就不会再回到今天了。”

我已经跟亚世美说好今天要怎么过。

“那你快点去找汤野他们吧。虽然你早就经历过千百次，但对你的朋友来说，今天是独一无二的一天。”

“嗯……”

说心里话，最后一次循环我也想和亚世美一起度过。不过我不愿让朋友们整日担心，而且我们两个已经在阳光乐园玩过无数天了。这不是孰轻孰重的问题，最后一次我理应陪伴同来的朋友。

三人在吃午饭，我正好可以回去找他们。去餐厅之前，我对亚世美说：

“亚世美，关门前十分钟你能去摩天轮吗？”

“可以啊，你想坐？”

“嗯，我想……和你单独在一起。”

“哎哟，有什么企图啊？是不是想跟我亲热？”

“别、别胡说八道！”

“逗你玩呢，晚上见。”

亚世美轻轻挥了挥手，离开了。我也回头去找秀二他们。

“接下来我们去玩那个！”

汤野兴奋得像个不知疲惫的孩子，秀二不动声色地提醒她小心摔跤，练子在一旁微笑。

眼前的情景对我来说太过熟悉，可想到以后再也不会重来，我突然有些难过。我曾经恨透了反复上演的戏码，此刻竟感到依依不舍。

我想最后扮演一次“第一次来阳光乐园的龙崎贤生”，所以勉为其难陪他们玩了跳楼机。当然，我依旧被折腾得晕头转向，心底却有一丝意犹未尽。

“贤生，你不要紧吧？”

练子对坐在长椅上休息的我说。

“有点晕。其实我受不了上下颠簸，别告诉汤野。”

“果然是这样，你刚才看云霄飞车的时候表情就不太对。”

我想了一会儿才回忆起来，进阳光乐园之前曾经和练子聊过这个话题。那对我来说已经是很久之前的事了。

“当初我死要面子，假装自己不怕云霄飞车。”

练子忍俊不禁。

“当初？说得跟陈年往事似的。”

“哈哈……”

我笑着糊弄过去。在我看来，自己已经在阳光乐园待了一年多。我得纠正这种时间观念。

“不过我可算是放心了。”

“放心？”

“贤生，你从来都不肯示弱。我确实佩服你能文能武，可你看上去总是在勉强自己。今天在游乐园你好像很放松……”练子目不转睛地看了我一会儿，总算找到了恰当的形容，“像是终于放下了包袱。”

我的包袱……

我一直想当最正直的人，认为那是自己的使命和身份。带着这份信念，我做成了许多事。不过因为过于执着所谓的正确，不知从何时起，我忘记了保持平常心。

是亚世美重新唤起了我的记忆。我与她一起畅游、欢笑，有时依靠她的帮助……终于摆脱了“必须时刻保持正确”的精神束缚。

“或许你说得对。”

“你们两个快过来！”

汤野招呼道。

我答应一声，站了起来。

后来我们在阳光乐园抓紧时间玩了个够，仿佛是在弥补我上午的缺席。我和朋友们尽情畅聊，留下一张又一张合影，在游乐园里寻找各式乐趣，装点青春的回忆。

汤野一直都很兴奋，看来她打心底里享受这个过程。这反而让我心情有些沉重，因为接下来就是……

“我刚想起来自己有恐高症。”

排队等摩天轮的时候，秀二说道。

夜幕降临，漆黑的天空看不见星星，只有雪花纷纷飘落。摩天轮门口有屋檐，但寒风还是把雪花吹到我们身上。

在秀二与练子的安排下，此刻，封闭的座舱里只有我和汤野两人。

“真受不了那两个家伙，下去看我怎么教训他们。”

汤野说道，我则劝她消消气。

望着美丽的夜景，我们有一句没一句地闲聊着。我早已对此感到味同嚼蜡，不过在最后一次重演中难免有些感慨。以前我会觉得尴尬，也会假装嘻嘻哈哈，生怕汤野发现我心事重重，可是这一次，我真的和汤野聊得很愉快。

我们的座舱即将抵达顶点，汤野突然紧张起来。

“我说，贤生……”

要来了。

我吸了口气，故作平静地说道：

“怎么了？”

“其实，有件事我早就想告诉你……”

汤野紧张地低下头，浓密的双马尾辫也跟着垂了下来。

“什么事？”

“我……”

她好像使出了浑身的力气。我没有催促，只是耐心等待。

然后，汤野说道：

“下回再说吧。”

我早已不再吃惊，也知道她想说什么。假如她真的说出口，我反而会不知所措。所以一直以来我都让她“不要勉强”。

可这回不一样。

“你确定不想说吗？”

听了我的话，汤野越发局促。

“以后不知道什么时候才有这样的机会单独聊天，所以我希望能听到最后。”

想象到接下来会发生的事，我刚说完就开始难过。

我已经有喜欢的人了，所以就算听到汤野的告白，也不能和她谈恋爱。被我拒绝以后，汤野想必会伤心，甚至哭泣。可我别无选择——我不能假装自己不知道汤野的心意，必须开诚布公。

可是，先逼别人告白再拒绝，我是不是太过分了？

我越想越担心。

也许开诚布公是借口，真正的原因只是我不想内疚而已。其实我大可不必在这时候让汤野难过。

我突然冷静下来，怀疑自己酿成大错。还没等我收回刚才的话，汤野先开口了——

“假如，你中了一百万日元……”

“中奖？”

话题突然改变，我感到莫名其妙。

“拿到这笔钱，你高兴极了。这时候旁边有个人对你说，你有一半的机会让奖金翻倍，如果失败奖金会折半，你会怎么做？”

什么意思？怎么这时候让我做心理测验？

虽然我不明白汤野的用意，但她的表情不像在开玩笑。所以我也决定认真回答。

“我不会赌那种可能性，得到一百万已经足够了。”

再说了，赌博是违法行为。

“我也一样。今天我很开心。大家平时要参加社团活动，还要打工，休息日也很难聚到一起。也许以后再也没有机会凑齐四个人来游乐园，所以我不想毁了这段回忆。”

汤野抬头面对我。

“我得到的幸福已经超过一百万日元。所以我不想赌……对不起，现在我还不能说。请你等我，不会太久的。”

我被她的一片真心打动了。

“嗯。”

汤野微微一笑。

我不知道这样做对不对，也许我们只是在拖延时间，但至少此刻汤野是开心的，所以我也满足了。很多事情不是非黑即白的，哪怕带着掩饰与暧昧，只要汤野没有受到伤害……

我也笑了，内心五味杂陈。

走下摩天轮后，秀二悄悄问我。

“怎么样？”

“秀二，”我正视他，“下次要麻烦你替我出主意，是关于恋爱的。”

秀二听得目瞪口呆，我从没见过他如此吃惊。

他犹豫了片刻，然后友好地拍了拍我的肩膀。

“到时候一起去吃拉面。”

“嗯。”

隔着衣服，我感觉不到肩头的温度，但我相信他的手一定很暖。

最后，我们去看了夜间巡游。少了一众吉祥物，巡游有点平淡无奇。

走向大门时，汤野心满意足地伸了个懒腰。

“玩得真痛快！”

我在门前停下脚步：

“抱歉，你们先走吧。”

朋友们同时回头，面带疑惑。没等他们提问，我便解释道：

“我必须留下来，原因暂时不能说。放心，以后保证会让你们知道，今天就别问了。”

我深深鞠躬。

我感觉自己的理由很苍白。以前我会随便找个借口假装先走，比如有急事或者人不舒服，但这次我不想对他们撒谎。

“什么意思？你这样说我们还是会担心啊。”

汤野皱眉道。

我感到一阵内疚。他们都是我的好友，如果条件允许，我也想和盘托出，取得他们的理解。然而，那样做要花费太多时间，而且还会引起他们不必要的担心。眼下只能委屈朋友们了。

“贤生，抬起头来。”

我抬头发现秀二怒目圆睁看着自己。他不是在等我解释，而更像是要把我看穿。我没有回避他的视线，用眼神请求他的谅解。

过了一会儿，秀二无奈地叹了口气，说道：

“下回请我们吃饭。”

说完，他转身就走。

“这就走了？”

汤野不知所措地问他。

“他就是这么倔，反正以后会跟我们解释的。”

“真的吗？”

汤野的目光在我和秀二之间快速掠过，一脸为难地犹豫着，不知是要向我问个清楚，还是跟秀二走。最后，她指了指我，说道：

“别忘了跟我们解释！”

“嗯。”

我点了点头。

汤野跟着秀二走了。练子想也没想就追了上去，不过在走出大门前回头冲我笑道：

“我也等着听。”

我望着他们的背影消失在阳光乐园的门外。

朋友们走后，我以最快的速度冲向摩天轮。离游乐园关门还差三分钟，虽然游乐设施会一直营业到关门为止，这个时间也挺悬了。站在摩天轮门口的亚世美一看见我就朝我挥手。

“快点！”

她身边只剩下几名工作人员，看来我们是最后一组乘客。

“抱歉，来晚了！”

我们卡着点登记完，进入座舱。

我一路跑来汗流浃背，在缓缓上升的座舱里脱掉了外套。

“对不起，送朋友耽误了点时间。”

“真是的，好不容易才说服工作人员等我们。”

“实在抱歉……”

我只能一个劲地说道歉。我前面也知道时间紧张，但是不想敷衍朋友。

我正犹豫要不要为自己辩解，亚世美却笑了。

“骗你的，以为我生气啦？贤生总是这么一本正经。”

我松了口气。当然，我也不觉得她会真的生气。

“白天都干什么了？”

“像平时一样玩啊。你们几个也玩了一天吧？累不累？”

“说实话有点累，不过我会加油的，毕竟这可能是最后一次。”

“是啊，或许以后再也见不到这番景色了。”

亚世美靠在窗户上，看着外面，呼出的空气染白了玻璃。座舱里的温度和户外差不多。

我顺着她的视线俯瞰——通往市区的唯一道路上遍布你追我赶的光点，汽车仿佛流经血管的血液般行驶在公路上。离去的光点远多于到来的，说明人们大都归心似箭。

“亚世美，要是能离开阳光乐园，你想做什么？”

“这个嘛，”我只是随口一问，她却费神思考了一番，“我也没想好。”

“没什么特别想吃的东西或者想玩的游戏？追的漫画呢？”

“嗯，非要选一个的话，我想去泡温泉。”

“挺好啊，从开始循环到现在确实没泡过澡，我也想去泡个澡，公共澡堂也行。”

“贤生呢？有什么想做的吗？”

“想吃寿司。”

“哦，这里没有。”

“就想吃点海鲜，哪怕把钱包花个底朝天。”

说着说着，我感觉饿了。不过今晚是没机会吃饭了，得忍到最后的工程结束。

我揉了揉肚子，掩饰饥饿，亚世美轻轻打了一声喷嚏。

“冷不冷？给你外套？”

“不用，还是这样好……”

亚世美站起来，走到我身边坐下，和我依偎在一起。她动不动就与我亲密接触，每次都让我小鹿乱撞，就像在恋爱。

就像在恋爱……我在心中自问，这样便够了吗？

“贤生果然热乎乎的。”

“出了一身臭汗。”

“我闻不出来。”

亚世美凑过来往我身上嗅了嗅，进一步缩短了我们的距离，让我羞上加羞。不过我不会把她推开，而且默许她这么做。

我不禁想起小时候在动物园的经历——跟我差不多高的小绵羊在我身上嗅来嗅去，而我只能难为情地等它走开，心情和现在差不多。

“嗯？”亚世美似乎注意到了什么，“贤生，你嘴唇好干啊。”

“是、是吗？”

“得做好保湿工作，不然笑的时候皮肤会裂开。”

亚世美从兜里掏出润唇膏。我还以为她要借给我，没想到她只是往自己嘴上涂。想想也对，润唇膏可不是能借来借去的玩意儿。

抹完润唇膏，亚世美挑逗地冲我一笑。

“分你一点？”

“分？”

她意味深长地看着我，忽然闭上眼睛，向我靠近。

难道她要……尽管不是第一次，但我也难免紧张，只好忐忑地闭上眼睛。

然后，她在我鼻子上咬了一口。

“哎哟！”

我睁开眼，看见亚世美缩了回去，笑得前仰后合。

“你在期待什么？”

我脸上一阵发烫，知道自己被耍了，捂着被咬疼的鼻子，又不好发火，竟也一同笑了起来。我发现，自己并不讨厌这种感觉。

“贤生的反应总是能让我满意。”

亚世美擦了擦眼泪，靠在我的肩头。我闻到了她头上熟悉的气味，好想一直闻下去。

笑过一阵，我们便沉默下来，耳边只有窗外的风声和摩天轮的运转声。

我喜欢这份宁静。

亚世美动了一下，轻声道：

“能永远这样就好了。”

座舱被强风吹得晃了晃，我感到靠在肩头的亚世美有一丝紧张。

“亚世美……”

见我扭头看自己，亚世美面露惊讶。我一字一顿地说道：

“我喜欢你。”

她睁大了双眼。

“我发自内心地喜欢你。所以，就算离开阳光乐园，也希望你能和我交往。让我陪在你的身边吧。休息天我们可以出门，在附近买点东西，偶尔去远方的水族馆和动物园。吵架能很快和好，遇到开心事也会告诉彼此……这就是我的心愿。”

亚世美默默地望着我，从她的目光里我猜不透她的心思。过了一会儿，她伸手抚摸我的脸颊。感觉到她指尖的冰冷，我才意识到自己脸上发烫。

“贤生，你在做梦啊。”

“梦？”

“眼前的一切都五光十色，你感到心花怒放，想永远保持这样。这就是你的梦，不过……”亚世美笑得宛如冰雪融化，“等你醒来，就会忘记一切。”

我突然有种孤独的不安，说道：

“对不起，我不明白……你的意思。”

“你在我身上感受到的只是吊桥效应而已。哪怕和别人一起经历循环，你也会爱上她的。那个人可以是汤野，也可以是练子。在阳光乐园这样一座时间的荒岛上，坠入爱河是很自然的事。当然，我也跟你太亲近了。”

我几乎是下意识地握住了她打算缩回的手。

“不是这样，我喜欢的是你！退一万步说，就算是吊桥效应又如何？

我的感情是真的。”

亚世美微笑着摇头。

“一个人的感情很容易随着环境和大脑状态变化。”

“可是……”

“别紧张，我对你的心意没变。我只是想说你太心急了，要不要跟我交往，等出去以后考虑也不迟。”

我沉默了。

“别这样……要是计划不成功，我们继续被困在游乐园里，我还会像恋人一样对你。”

亚世美摸了摸我的头。受到安慰的我既恨自己无能，又有一丝安心。

她温柔的动作让我想起了早已忘记面貌与声音的母亲。

下了摩天轮后，我们在工作人员面前佯装离开，躲到游泳池那边。

等所有工作人员都下了班，我和亚世美走遍了阳光乐园。我们有两件事要做，首先是破坏所有的监控摄像头，其次是确认还有没有别人留下，这点尤其重要。万一游乐园里有人，我们就会犯下无可挽回的错误。

原本保安会待在值班室，晚上十点以后睡着，但今天我们冒充他的领导给他发了短信，让他下班回家。

我们花了几个小时巡逻和毁坏监控，又跑到卡丁车赛道偷走所有的油箱，分头带往各个地点。我负责的是旋转木马、空中秋千、旋转咖啡杯和海盗船。我们万分小心，因为汽油是很容易挥发和燃烧的。只要区区五公升，便能炸飞一个游乐设施。

安置好油箱，我们去餐厅拿了打火机，再回到正门前的广场。

折腾了一整晚才做完这些，此刻已是清晨六点，距离日出还有一个小时。

我转身问亚世美：

“可以点火了吗？”

“嗯。”

我点燃了树篱。

走热带风情路线的阳光乐园遍布绿化，到处栽种着椰子树和蕨类植物。树篱上的火很快便扩散开来。

会动的吉祥物玩偶只在两种情况下出场——一种是持有特别通行证的人在夜晚十点以后还赖着不走，另一种是有人破坏游乐园的设施。

吉祥物为什么要把我们赶出去？因为它们不希望我们留下来和搞破坏。

既然如此，我们不妨就这么做。如今吉祥物再也阻止不了我们，我们可以尽情破坏。

对阳光乐园之神来说，这难道不是堪称杀人的恶行？难道不足以让我们被剥夺特别通行证？

大火从树篱扩散到建筑物，又一路烧到餐厅，砰的一声引燃了油箱。我们无数次在餐厅吃饭、在值班室休息，那些时光一去不复返。橘红色的火焰照亮夜空，旋转木马也在爆炸声中起火了。那里有些年头了，烧得很旺。

火势持续蔓延，主街上的椰子树被烧成了一根根火柱，又害得旋转咖啡杯和空中秋千遭殃。烟雾中，我们拿医务室的毛巾捂住口鼻，用另一只手紧握住对方的手。漫天大火中，我的额头被风吹得微微发烫。

还没开始吗？

我打算留到最后一刻，实在撑不住再从背后的大门逃离。现在还不是时候。云霄飞车发生了爆炸，木制轨道也熊熊燃烧。火焰仿佛有了生命，吐着黑雾将轨道支架逐渐吞没。伴随着树木折断般的声音，云霄飞车开始坍塌。

还没开始吗?

我感觉亚世美颤抖的手越来越用力，因被汗沾湿而冰冷。要不了多久，大火就会烧到门口。万一计划失败该怎么办？我打断了自己的消极念头，感觉汗水流淌过鬓角。好热，火越来越近了。

我在心中祈祷有事发生。

下一刹那，我听见一阵吱吱的动静。低头一看，与亚世美相连的手上那条蓝色腕带冒出一阵青烟——特别通行证烧起来了。

以前不管我们怎么做，它们总是刀枪不入。

“亚世美，手腕！右手腕！”

“好像烧起来了？”

“现在应该能扯断了！”

我用双手抓住她的特别通行证，往着火的位置用力，居然一点都不感觉烫。腕带裂开了一道缝，给了我信心。我不惜抠断指甲也要扯掉亚世美的通行证。

终于，特别通行证断成了两节，变成一长条，在我手中熊熊燃烧。我急忙把它丢到地上，眼看着它化为灰烬。

“还有你自己的！”

“嗯！”

在亚世美的帮助下，我也扯掉了通行证。

我们自由了，可以出去了!

我感受着无比的欢喜与兴奋，知道一切终于结束，既不会再有悲剧，也不会再有人沦为循环的囚徒。

“亚世美，我们走……”

猛然间，亚世美用力将我推开。

我在意外中向旁跌倒。换作平时，我可以站立得住，或者至少能马上爬起来。然而事情发生得太过突然，让我来不及反应。

我躺在地上，终于抬起头问：

“你这是……”

我没再说下去，因为我看到一只吉祥物抓住了亚世美的胳膊。

我从未在阳光乐园见过它，它长着粗壮的鸟喙，浑身色彩斑斓。对了，它曾经出现在一本旧书里，就是值班室的《操作指南》里那只！亚世美说过：

“那是鹦鹉奥古斯都。”

“不怎么可爱吧？在某次翻新的时候被去掉了。”

为什么被去掉的吉祥物会在这里？它怎么一直被雪藏到今天？和其他的吉祥物有什么区别？我不知道，我只知道自己必须去救亚世美。

我站了起来。

“给我放手！”

“贤生！”

亚世美哭喊着我的名字。

下一刻，奥古斯都将嘴张得老大，一口叼住亚世美的上半身，不顾亚世美挣扎，仰头就将她吞下。

我惊呆了，不敢相信眼前的光景。那简直像噩梦一样，令我的理智拒绝理解。

它吃掉了亚世美？

难道吉祥物并不只会把我们赶出去？

“听说过食人游乐园吗？”

难怪我一直觉得不对劲。

我一开始以为食人游乐园的都市传说只是循环现象被曲解后的产物，后来又觉得这种解释有缺陷。循环现象仅仅发生在一月七日，但是都市传说在那之前就已经存在——时间顺序颠倒了。所以我得出结论:循环现象与食人游乐园的传说毫无关联。

然而我错了，的确存在吃人的吉祥物，它就在我的眼前。

我心中燃起熊熊怒火。

“浑蛋！”

我拼尽全力朝奥古斯都身上撞去，却没能把它撞倒。我紧接着一把揽住它的右腿，将它掀翻在地——这是一招柔道技巧，名叫朽木倒。

“给我吐出来！”

我使出踢后场长传的力道，一脚踹在奥古斯都的头上。它的头飞出老远，脖颈处只剩下一个黑漆漆的洞。

我把手伸了进去:

“亚世美！”

刹那间，我的身体无视引力法则，腾空飘起，随即被吸入洞中。

反应过来时，我发觉自己正身处一座陌生的游乐园。

夕阳照在我身上，天空也没有下雪。此刻的感觉与重启循环时相仿，但我身处的却不是正门前的广场。

黄昏时分，晚霞将周围映照得一片金黄。虽然我感受不到炎热，但直觉告诉我现在是夏天。游乐园里人来人往，到处是合家来访的游客和亲密无间的情侣。

“这是哪儿？”

我想起自己刚被吉祥物玩偶吸进去，却不知发生了什么。

我疑惑地扫视四周——与阳光乐园相比，这里的规模更小，游乐设施也更密集，整体还散发着旧日气息。除了鬼屋、哈哈镜、花一百日元就能骑一次的行走熊猫、如同学生自制的小号云霄飞车以外，园内还有不超过“巨日号”四分之一大小的摩天轮，上面的座舱很简陋，让人联想到鸟笼。

人们在这座过时的游乐园里尽情嬉戏。

“到底是怎么回事？”

我回头看见一扇大门，说明这里好歹还有出入口。不过在离开之前，我必须先找到亚世美，她一定在这里。我无暇去观察和分析刚刚经历的奇妙物理法则。

手机毫不意外地显示无信号，现在只能依靠双腿和嗓子了。

“亚世美！你在哪儿？”

我大喊大叫着，在园内到处找。我平时不这样，但现在事出紧急，必须争分夺秒。

游乐园不大，很快就能跑遍，可惜我的声音却被喧嚣吞没。

这里的人究竟是不是真实的，又或者只是幻象？我停止胡思乱想，集中精神找人。

“亚世美！”

旋转木马位于游乐园的中心，模仿了大海，造型很奇特，马和马车也被换成了海豚与船，和阳光乐园一模一样。

难道这里就是阳光乐园？

我想起亚世美曾说过，阳光乐园经历了逐渐翻新、变大的过程。我又向四周张望了一圈，觉得眼前的风景似曾相识。这里和阳光乐园一样建在小山上，四面没有大楼和信号塔阻挡视线。

是阳光乐园被驱逐的吉祥物打造了这个梦幻国度吗？

我想着想着，突然听见一阵夹杂着噪声的欢快音乐——旋转木马动了起来，有个戴狗耳发箍的女孩骑在一只海豚身上，身边是一群孩子。她看起来很快乐，表情纯真无瑕。

那人正是亚世美！

“亚世美！”

“贤生，你也过来骑呀！”

“你……”

旋转木马将她带离我的身旁，我急忙翻过护栏，冲了进去。让我意外的是，居然没有工作人员来制止我。

“你在干什么？还不走？”

“急什么啊？那边的海豚没人骑，还是说你比较喜欢船？”

“我才不坐！拜托你快下来！”

“好吧……”

亚世美不情愿地从海豚上下来了。旋转木马还在动，没人上前警告她。所有人都在心无旁骛地玩耍。

我带亚世美走出围栏，牵着她的手直奔大门，这才松了口气。也不知道能不能从那扇门出去，要是不行就再找别的……

突然，亚世美甩开了我的手。

“我不走。”她若无其事地说道。

我以为自己听错了，便问：

“你说什么？”

“我不会回到外面的世界。”

这回我听得一清二楚。我希望亚世美只是在开玩笑，但她的表情无比认真。

“为什么？”

“这里有摩天轮和云霄飞车，大家都在尽情地玩……让我心情很好。游乐设施比原来的阳光乐园小一号。不过我不在乎，我不想走。”

游乐园里人声鼎沸，唯独我俩的周围似乎有一道屏障，隔绝了喧嚣。

“别这么说，我们一起去看外面的世界吧！你不是也说过，想泡温泉吗？”

“没错，但是我不想出去。”

“为什么？”

“因为在外界的时候，我想消失。”

亚世美冷冷地说道。

我终于明白，亚世美并没有受到蛊惑，她说的话句句发自内心。她仍旧不愿离开阳光乐园、拥抱明天，只想永远留在今天。

“病情发作严重的时候我满脑子都是快点消失的念头，死了还不满足，我会希望自己从来没有存在过。”

“别再说了！我会陪着你的，绝对不会让你有那种念头！”

“不可能的，你不懂。”亚世美凄然一笑，“回归到抑郁状态，眼前的一切都会让我难以忍受，以前喜欢的东西也会变得很讨厌。贤生，你能想象吗？逛街、购物、坐车的时候，我都会觉得周围人活得理直气壮……而我，是个错误。”

不，你不是！

我想立刻否定，却做不到。她身上暗无天日的绝望令我退缩。

“这样对贤生也有好处。”

“什么？”

“我知道你是真心喜欢我，所以不想让你也越陷越深。和我在一起，你会过着生不如死的日子，天天都为了我承受精神折磨。所以……”她央求道，“别让我喜欢的人毁在我身上！”

空气凝固了，我必须打破僵局。

“即便是这样，我也不在乎。无论好事、坏事，我都要与你分担。”

“我身上九成都是坏事，你认识的我只是剩下的那一成。见识过其余的部分，你会对我失望的。你几乎见不到那个自己喜欢的成天嘻嘻哈哈、爱捉弄人的亚世美。而我也绝不希望把自己晦暗的九成暴露在你面前……”

“不会的……”

“求你了……”亚世美捂着脸哭道，“不要打破这个快乐的梦……”

她在恐惧中颤抖，泪水不断往下流，低声啜泣。

“我……”

为了亚世美，我还能做什么呢？

我绞尽脑汁，却想不出任何办法。

“我……”

后面的话如鲠在喉。

怎么办？究竟怎么办才好？

“我就是喜欢你！”既然没有办法，不如任凭自己的感情冲口而出，“没错，我只认识那个阳光的你，看到你消沉的样子也许会不知所措。可是我不会因为这种事讨厌你，我希望自己能喜欢你的全部，同样了解那个不快乐的你。”

“我没你想象的那么好，可能还会乱发脾气。”

“我应付得来。”

“没那么简单……”亚世美从脸上挪开双手，擤了擤鼻子，眼睛红红的，“再说你只是四肢发达，抗压能力又不强……”

“我会锻炼自己。”

“心理怎么锻炼啊？”

“为了你我可以锻炼一切。我可是‘死过’七回的人，绝对比一般人坚强。而且你知道我脾气有多倔。”

“可是谁能保证……”

“亚世美！”我说着紧紧搂住了她，感觉自己身体僵硬，微微颤抖，“你在我最艰难的时候一直支持我，我好开心啊。所以我要回报你。在阳光乐园总是你帮我，到了外面，应该换我来帮你了，请你给我这个机会。”

“但是……”

亚世美还在犹豫。

我把她抱得更紧，不让她逃走，一字一顿地说道：

“我喜欢你，非常非常喜欢。我不知道未来是什么样子，但此时此刻这就是我的真心话。我不允许任何人否定你，包括你自己！”

亚世美又哽咽着说了几遍“但是”，终于放声痛哭，在我的肩头擦起眼泪鼻涕。我摸着她的头，想等她平静下来，亚世美却哭个不停。

“我们走吧。”我说。

亚世美泪流满面地点了点头。

走出大门的瞬间，我们回到了现实中的阳光乐园。确切地说，是回到了它的门外。

太阳尚未升起，阳光乐园在我们身后熊熊燃烧，鹦鹉奥古斯都倒在地上一动不动。我曾经无数次盼望走出这个地方，此刻心愿成真，我却半点都不觉得快乐与满足，心中居然有一丝寂寥。

亚世美一直在我身旁哭泣，我甚至担心泪眼模糊的她会看不清前方的路。

我默默地将她背在身上，至少减轻一点她的负担。

我们一路走向停车场，我就是和秀二、汤野、练子经过这条路来到阳光乐园的。当时的我做梦也想不到离开时会是这番光景。

走出停车场，我们下山前往最近的车站。我小心地靠边走，免得在雪地上打滑。东方只是微微发白，能见度不高。

我回头望去，阳光乐园浓烟滚滚。由于离得太远，我看不见火光。还没人去灭火，不过不用担心火势会蔓延到他处。

我像哄孩子入睡一般不断安慰哭泣的亚世美。

此刻的我饥肠辘辘，打算一下山就先去吃饭。我好想把阳光乐园没有的海鲜吃个够，可惜早上寿司店一般不开门，只能去吃快餐了……我准备过一会儿问问亚世美想吃什么。

忽然间，地平线上闪过一道光，凌空跃起的朝日映入眼帘。晨曦洒在山下的房屋上，融化了冻结的空气。

天亮了。

尾声

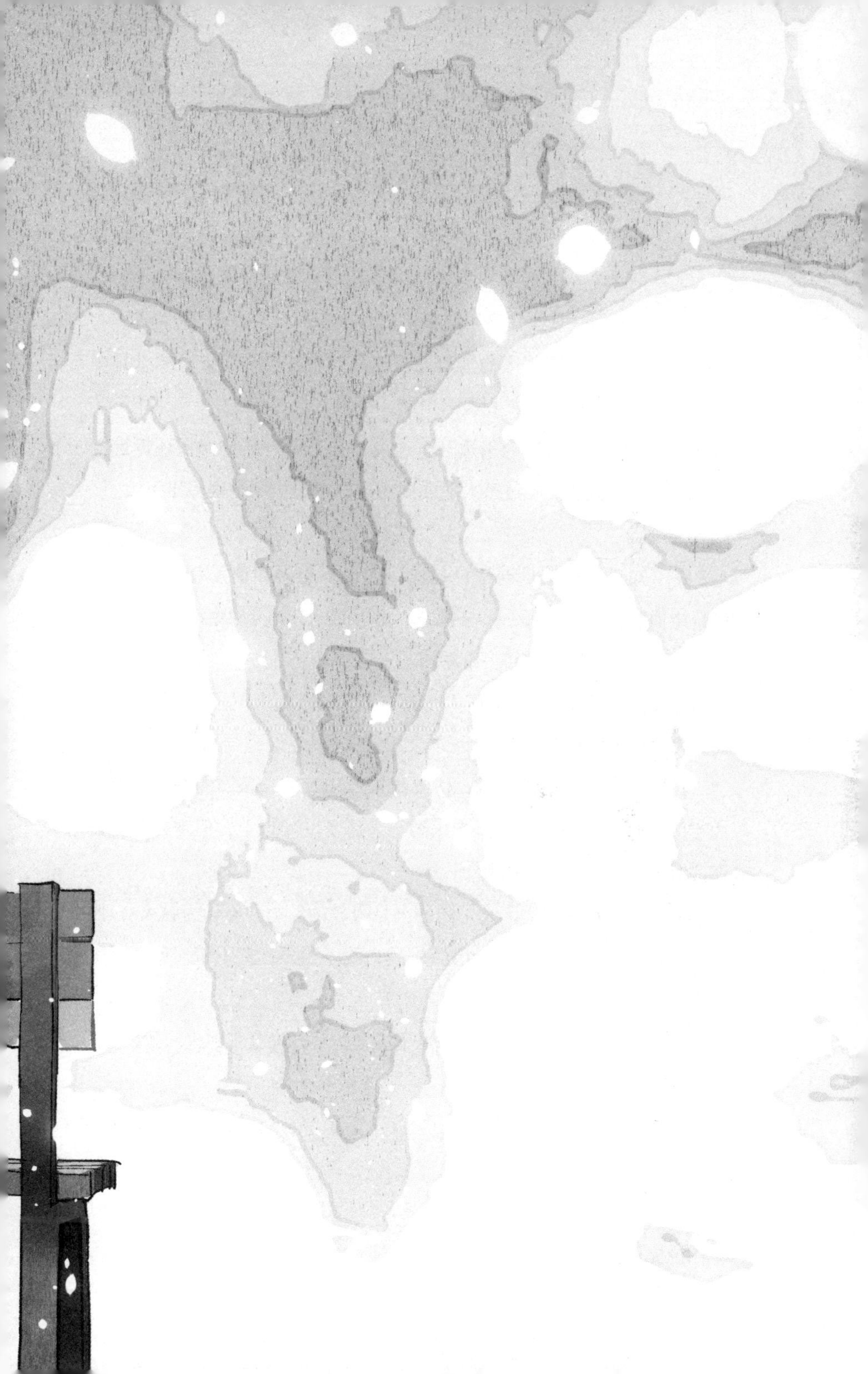

度过漫长的一月，我终于迎来了二月。

汽车行驶在东京郊区的国道上，从副驾驶座向外望去，休息日中午的道路略显拥挤。今天我提前出发，应该不会迟到。

“茑元情绪稳定。”老爸边开车边说，“刚进看守所的时候还挺憔悴的，现在已经悔罪。不过杀人罪非同小可，他至少要吃很多年牢饭。”

“嗯。”

我不知道这样的量刑是轻是重，但也不想再和茑元有什么瓜葛。我希望他服完刑后能去一个与我毫不相干的地方安分地生活。

玩手机的时候我看到一条新闻。

“经历火灾的阳光乐园重建无期，或将就此关闭……”

我立刻关掉页面。

我很快适应了正常生活，仿佛从未经历过阳光乐园的奇事。换算成实际度过的时间，我在阳光乐园至少待了一年以上，但现在我觉得那段时光就像一个漫长的梦。

只有极少数人知道阳光乐园的火是我放的。我并不认为纵火有理，却也不后悔那样做。为了走出游乐园，我不得不出此下策。就算重来一次，我也会做同样的选择。

老爸把车停在家庭餐馆外的停车场上，解开安全带回头问我：

“确定要坐电车回去？”

“嗯，有空我会给你发消息。”我下了车，补充道，“谢谢你送我过来……老爸。”

“别这么见外。”

说完他开车走了。

我走进家庭餐馆，发现等的人还没来，就在角落选了张桌子，提前点好饮料。

约定时间过了三分钟后，一个戴着鸭舌帽的女生走了进来。

“对不起，我来晚了。”

我感觉心跳变快，故作平静地笑道：

“没事，我也刚到。”

亚世美坐在我的对面，脱掉了外套，她里面穿的是条纹针织衫。我在阳光乐园只见过她穿校服，看到这样的她觉得挺新鲜。

离开阳光乐园后，这还是我们第一次见面。之前的一个月，我们都只在手机上交流。许久未见亚世美，她似乎瘦了。

“早饭吃了吗？”

我问道。

“还没有。”

“我也是，点菜吧。”

我点了蛋包饭，亚世美要的是培根蛋面和饮料。

见亚世美端来热拿铁，我只问了一句：

“现在怎么样？”

相信她能听懂我的意思。

“不算严重。”

“是吗？”

“现在还好，回家以后要‘还债’，一整天动不了。不管做了什么开心的事，过后都会觉得很累。跟你聊天的时候很开心，一挂上电话就难过得什么也干不了。情绪好像空血了。”

“情绪空血？这个比喻倒是有趣。”

“要是像肌肉一样可以锻炼就好了。”

我们默默品尝着服务员端来的餐点。在阳光乐园里，亚世美不是抢我的肉，就是往我的菜里乱加调料，今天却老老实实。

吃完饭，亚世美擦了擦嘴，突然向我道歉，把我给弄糊涂了。我担心自己说错了话，便问道：

“怎么了？”

“也许我不该这么说……”她微微低头，“我总是忍不住想，要是还留在阳光乐园就好了。在那里，每天不需要找理由都能过得开开心心，眼前的一切五彩斑斓……就好像活在梦里。”

亚世美擤了擤鼻子，接着说了下去。

“好想在心情好的时候跟你多玩玩。”

她眼看就要哭出来了，让我也跟着一起难过。我觉得自己要为此负责。

“亚世美，把手伸过来。”

她疑惑地把右手放到餐桌上，我用双手将它包裹在掌心。她的手依旧冰冷，让我忍不住想把自己的体温分给她。

“听说只要和喜欢的人肢体接触，人体就会分泌一种叫作催产素的幸福荷尔蒙。让我帮你暖暖吧。”

“谢谢。”

亚世美笑了，好像略微恢复了一点精神。

“别担心，我会一直陪着你。你感觉轻松的时候，我们可以去很多地方，游乐园、水族馆……这次轮到我带着你玩了。”

我们彼此轻轻握住对方的手。

“一定会好起来的。”

我说着，同时在心中祈祷亚世美每天都能健康、快乐。

后来我们相互诉说最近发生的事，一直闲聊到下午五点才走出家庭餐馆。虽然没下雪，但天空满是乌云，像夜晚一样漆黑。见时间尚早，我们漫无目的地在街头信步，一路走过车站和陌生的商业街，最终来到空无一人的小公园。

我们找了张长椅坐下，亚世美把头靠在我的肩膀上。她的体温、气味和呼吸近在咫尺。我们两相无言，只是感受着对方的存在。

我默默地闭上了眼睛，耳边响起不知来自何人的笑声，似乎有许多人在笑，有孩子，也有大人。笑声中还夹杂着旋转木马的欢快音乐——不复存在的阳光乐园在我心底重现，令我恍若置身梦境。

“贤生！”

回忆中的亚世美呼唤着我的名字。她笑得如阳光般灿烂，向我伸出手来。

我没有回应她，而是握住了身边人的手。

后记

我曾经很不理解迪士尼电影中的反派为何那般高高在上。虽然也有异类，但他们中的大多数总是既傲慢又狡猾，处于强势的地位。童年的我在看电影的时候会想，他们明明那么厉害，要是再谦虚一点不是就能受人尊敬了吗？可后来我渐渐明白了，人一旦拥有某种力量，便会想方设法炫耀。

我的书被拍成了电影，也卖出了好多好多本，这让我时不时想要拿来炫耀一番（其实这就是一种傲慢，无论书的销量还是被合作方改编成新的作品形态，作者的努力在其中都只占一小部分），希望得到一番夸奖。可是每当这么做以后，我就会感到无比空虚，恨自己幼稚。现在我至少还能反省，说不定随着年龄增长，我会逐渐失去反思的惯性。

无论如何，我比出道那会儿更能抗压了，也很少再为鸡毛蒜皮的事钻牛角尖。哪怕餐厅营业员听不见我的招呼也无所谓（这是假话）。这种心态可以算作成长吧，但我偶尔也会担心自己因此变得不再敏感。以前看到新闻里的伤心事我也会跟着一起难过，或许那时的我才是纯粹的作家？所以对一个作家来说，什么才算是成长呢？

接下来是感谢的话。责编滨田先生，又劳您操心了。每次接电话我都担心自己惹您生气，感谢您全心全意陪伴我的创作！KUKKA老师，“时空与四季”系列终于完成创作了，我也一直盼着能完整欣赏您绘制的“春夏秋冬”封面。感觉自己又实现了一个梦想。有您的画作，“时空与四季”系列才完整，非常感谢！各位读者朋友，抱歉让大家久等了！在各位的支持下，我才得以完成这个系列，感激之情难以言表。今后我会继续努力，以求不负诸位所望。期待大家的长久陪伴。最后还要感谢协助出版的工作人员以及接受我采访的各界朋友。我们下回再见。

二〇二五年某日 八目迷

参考文献

[1]加藤忠史.双相情感障碍必读（第3版）心理健康系列[M].日本:翔泳社,2024.

此外谨借此机会，向承蒙接受采访的浅草花屋敷游乐园，致以深深的谢意。

图书在版编目（CIP）数据

永冬无境，幻梦残墟 / (日) 八目迷著 ; (日) KUKKA绘 ; 冯锦源译. — 南昌 : 百花洲文艺出版社, 2025. 9. — ISBN 978-7-5500-6093-7

Ⅰ. I313.45

中国国家版本馆CIP数据核字第2025392J3A号

江西省版权局著作权合同登记号：14-2025-0039

原作名：《終わらない冬、壊れた夢の国》

著者：八目 迷；绘者：KUKKA

OWARANAI FUYU, KOWARETA YUME NO KUNI

by Mei HACHIMOKU

Original Japanese edition published by SHOGAKUKAN.

Chinese (in simplified characters) translation rights in China (excluding Hong Kong, Macao and Taiwan) arranged with SHOGAKUKAN through Shanghai Viz Communication Inc.

本书为引进版图书，为最大限度保留原作特色，尊重原作者写作习惯，酌情保留了部分外来词汇。特此说明。

永冬无境，幻梦残墟

YONGDONG WUJING，HUANMENG CANXU

出 版 者	百花洲文艺出版社
社　　址	江西省南昌市红谷滩区世贸路898号博能中心Ⅰ期A座20楼
邮　　编	330038
书　　名	永冬无境，幻梦残墟
作　　者	［日］八目迷
绘　　者	［日］KUKKA
译　　者	冯锦源
出 版 人	陈　波
责任编辑	刘豪杰
特约编辑	刘嘉欣
美术编辑	杨　玮
经　　销	全国新华书店
印　　刷	凸版艺彩（东莞）印刷有限公司
开　　本	890 mm × 1240 mm　1/32
印　　张	7.75
字　　数	180千字
版　　次	2025年9月第1版
印　　次	2025年9月第1次印刷
书　　号	ISBN 978-7-5500-6093-7
定　　价	52.00元

赣版权登字：05-2025-251

本书如有印装质量问题，请与广州天闻角川动漫有限公司联系调换。

联系地址：中国广州市黄埔大道中309号 羊城创意产业园 3-07C

电话：（020）38031253 传真：（020）38031252　官方网站：http://www.gztwkadokawa.com/

广州天闻角川动漫有限公司常年法律顾问：北京市盈科（广州）律师事务所